全民微阅读系列

唐波清 著

花痴

江西高校出版社

JIANGXI UNIVERSITIES AND COLLEGES PRESS

图书在版编目（CIP）数据

花痴／唐波清著.—南昌：江西高校出版社，
2017.5
（全民微阅读系列）
ISBN 978-7-5493-5762-8

Ⅰ.①花… Ⅱ.①唐… Ⅲ.①小小说—小说集—中国
—当代 Ⅳ.①I247.82

中国版本图书馆 CIP 数据核字（2017）第 215536 号

出 版 发 行	江西高校出版社
社 址	江西省南昌市洪都北大道 96 号
总编室电话	（0791）88504319
销 售 电 话	（0791）88592590
网 址	www.juacp.com
印 刷	北京一鑫印务有限责任公司
经 销	全国新华书店
开 本	700mm×1000mm 1/16
印 张	13.5
字 数	152 千字
版 次	2017 年 5 月第 1 版 2020 年 7 月第 2 次印刷
书 号	ISBN 978-7-5493-5762-8
定 价	36.00 元

赣版权登字-07-2017-1034

序
心里想的那些事

在这本小小说集子付梓之际，说一说心里想的那些事儿。

第一，关于书名定稿的事儿。从小就酷爱文字。我喜欢诗歌，也痴情散文，更迷恋小说，时有"豆腐块"见诸报端。二十年前发表过小小说的处女作《后门》，曾经获得全国报纸副刊作品评比大赛金奖，本想以《后门》为书名。后为谋求生计，这二十年间没有再写小小说。直到去年的秋天，重操旧业，在当地晚报上发表了一篇《花痴》，这篇文章有幸被《小小说选刊》转载，时隔二十年，又重新燃烧起创作的激情。一发不可收，这一年多的时间，在各种报刊和微信公众号上发表小小说100余篇。在书名定稿之时，文朋诗友们建议献策：从内容上分析，《花痴》比《后门》更贴近现代生活；从视觉上考虑，《花痴》比《后门》更吸引读者眼球。

第二，关于撰写序言的事儿。好不容易出版一本小小说集子，第一联想就是找一位名家写篇序言。说实话，对这种贴金的事儿，不是没有想过。在生我养我的这个地方，常德武陵是全国的小小说重镇，名家不胜枚举，白旭初、欧湘林、刘绍英、戴希、伍中正、夏一刀……在老师们的才气和作品面前，我的小小说实在有些丑媳妇怕见公婆，只好作罢，这是第一个念头。再是想托人拜会小小说大咖杨晓敏、凌鼎年、秦俑、任晓燕、蔡中锋、陈永林……难就难在没有这份缘分和福气，我认识这些大人物，可大人物不认识我，只好作罢，这是第二个念头。私心多了，杂念就多，不如不想。其实，父亲从小就有叮嘱，靠人不如靠己。我便坦诚地说点心里想的这些事儿，以此代为序言。

第三，关于那些头衔的事儿。面对诱惑的名利和繁杂的社会，我总觉得记住"简单"二字就好。原来我也冠有几个诸如什么作家协会等等的头衔，现在自觉名不副实，也就释然地主动地摘下了这些看似"高大上"的帽子。目前，无"官"一身轻，非任何一级官方或民间作协会员。我只喜欢"写手"这个名字，时尚一点叫"微写手"更为贴切。我知道自己几斤几两，先说从个人文字能力上就达不到作家的水准。虽然近段在网络上架的这些文字较有人气，但是这些东西还谈不上真正的作品，更与文学这个字眼靠不上边际，只不过是迎合了年轻网友"简单直白"的胃口而已。再说文学是有神圣使命的，作家是需要担负社会责任的，我还没有也不具备这个能力，说心里话，只能也只愿意做个自由自在的"写手"。

第四，关于整理分类的事儿。在收集和整理的过程中，我有意识地将文章做了一些分类归纳。大体上有几个类型：第一是系列推出，譬如"痴"系列的《官痴》《树痴》《花痴》《书痴》《指痴》，譬如"车"系列的《驾考》《闯红灯》《借车》；第二是聚焦官场，譬如《半夜"机"叫》《见风使舵》《举报》《高手》《鬼债》《一句话的事儿》；第三是关注热点，譬如《鬼城》《留守》《扶贫》《守护这片土地》《那片逝去的云》；第四是借题发挥，譬如《那狗·那人》《奥巴马》《看门狗》《鸡犬升天》《偷与骗》；第五是揭露怪圈，譬如《投稿》《谁知道你是谁》《铁凝是谁》；第六是眷恋亲情，譬如《中秋》《三姐》《妹陀》《俺不晓得》。诸如此类，从目录上看，便一目了然。

第五，关于读书写作的事儿。借这本小集子问世之时，我还想说说读书写作的事儿，尽管与本书没有多大关联。进入中年，我觉得读书写作是头等大事。一个人在创造和成就事业的漫漫过程中，难免会有社会应合和曲线救国的事情发生。市场竞争是剧烈的，我不反对"灯红酒绿、推杯换盏"的公关途径，但不能泯灭儒雅的光环；官场政治是复杂的，我不鄙视"靠近领导、感情投资"的上位路线，但不能失去常人的尊严；各种诱惑是无限的，我不拒绝"投机炒股、搓麻打牌"的小赌行为，但不能扭曲谋事务实的人性；情趣享受是多元的，我不抵触"跳舞唱歌、桑拿按摩"的娱乐活动，但不能沉沦道德低俗的怪圈。总之一句话，无论你身处何种环境，作为一个有点思想的人，千万不能忘记抽空翻翻书本，写写文章。一个人步入社会以后，就会拥有一个比较广泛的交际圈子，在与别人交往的过程中，谈吐与修养是最能征服别人的，这与习总书记提出的"严以修身"是高度吻合的。一个有品位的人一定是常看书的，一个有智慧的人一定是常写作的。无论自己多忙，都要抽出时间来看看书，弄弄文字，因为这样做能够改变一个人的思想与行为。这比穿一身名牌，戴一块名表，挎一个名包，拿一个"苹果"，重要得多。外表光鲜固然需要，但内心修炼更显砝码。

最后说一句话：读书的生活是最丰富多彩的，写作的时光是最能启迪智慧的。

唐波清

2017 年 3 月 20 日

（写于常德市柳荷鑫苑）

目 录

花痴　/001

树痴　/003

官痴　/005

书痴　/008

指痴　/011

二叔和幺叔　/013

经验　/015

还钱　/016

秘书　/018

车位出租　/019

居委会主任　/021

老妈排队　/023

老爹治病　/025

借车　/028

驾考　/030

闯红灯　/031

那狗·那人　/034

偷与骗　/039

鸡犬升天　/040

看门狗　/042

奥巴马　　　/045

爷孙俩　　　/048

光头唐　　　/053

妹陀　　　/056

中秋　　　/059

俺不晓得　　　/062

三姐　　　/064

打折大王　　　/067

发红包　　　/072

东施效颦　　　/075

白喜事　　　/077

扶贫　　　/079

留守　　　/082

赈酒的秘诀　　　/084

二胎　　　/086

枪杀心爱的人　　　/088

鸡年不杀鸡　　　/090

偷枪　　　/092

哑妻　　　/095

盗墓者　　　/097

守护这片土地　　　/099

三傻子的特异功能　　　/102

咬卵睾　　/104

称呼　　/107

砖家　　/108

名片　　/110

体验式销售　　/113

影子　　/115

中奖专业户　　/117

买保险了吗　　/118

自杀　　/120

半夜"机"叫　　/122

汇报　　/124

见风使舵　　/125

举报　　/128

高手　　/130

鬼债　　/132

书记　　/135

捐款　　/137

一张火车票　　/139

打卡　　/141

一句话的事儿　　/143

早退　　/145

鬼城　　/147

门票 /149

习惯了 /151

捡垃圾的怪老头 /153

买菜 /155

龙肉 /158

彩票 /159

新规·新招 /162

那飘飘的柔姿舞 /164

那片逝去的云 /166

疑 /168

崇拜 /170

翠翠 /172

铁凝是谁 /174

谁知道你是谁 /176

成人文学 /177

投稿 /179

好大一棵树 /180

阿莲 /184

那盏明亮的灯 /189

后门 /191

跋：他是一个有才气的人 /193

附 /196

花　痴

　　这里的花痴,不是"牡丹花下死,做鬼也风流"的花痴。

　　她叫李梅芳,出生在一个大雪纷飞的冬天,村里人习惯喊她的乳名:梅花。

　　梅花,从小就爱花,漫山遍野的野花是她童年的乐园,头发上插几朵,瓶子里养几束。梅花和小伙伴们采野花,编成花环,挂在每家每户的门前,整个村子里喜气拂面,花香扑鼻。大人们都说:梅花就是个小妖精,长大了,那可不得了。

　　梅花天资聪颖,她是村子里的第一个大学生,山窝窝里飞出了金凤凰。大学三年,她学的就是花卉专业。大学毕业以后,分配到县城的绿化办。梅花上班的第三天,就给主任递了一份辞职报告。

　　梅花在乡亲们异样的目光中回到了村里。梅花在她家自留地里养起了各种各样的花,全是村里人叫不出名字的花。鲜花朵朵开,梅花笑成了一朵花。可是,眼看花儿要谢了,就是没人买,梅花急得要哭。屋漏偏逢阴雨天,一场暴风雨,毁了梅花的花,梅花哭成了泪人儿。

　　爹和娘,冷嘲热讽;乡亲们,指指点点。梅花收拾行李,悄悄南下深圳。

　　深圳是年轻人创业的天堂。梅花不忘初心,花就是她的命。跑市场,搞调查,摸行情,梅花一个月瘦了十斤。这次,梅花不养花,梅花推销塑料花,酒店开业、年轻人结婚什么的,人人喜欢塑料花,那时候,流行。

梅花赚了钱,不再搞推销,自己办工厂,生产塑料花。改革开放没几年,梅花已是百万富妹。

顺风顺水,日进斗金。梅花总让人琢磨不透,她带着几个蛇皮袋的钱,在乡亲们异样的目光中又回到了村里。这次,梅花还养花,当然,不再是三分自留地,而是承包了村里100亩稻田,招兵买马,搭建大棚,大种花卉。

两年以后,据省里的专家预估,梅花的花卉市值最少1000万。

梅花有了钱,县长慕名而来,希望梅花为县城建设做点贡献。梅花二话没说,在县城中心建起了一座最大的花园。梅花向县长提了两个要求:一是花园的名字叫"梅芳花园";二是花园的所有权归她。

建完县城的花园,梅花便销声匿迹了。听村主任私下里透露:梅花家里的花卉生意,全权交给她老公打理。梅花上了省城的专业"画院",学画画,画三年。

梅花真的在省城学了三年画,专门学画花,只画梅花。

三年以后,梅花在省城举办个人画展,有记者爆料:青年画家梅花的1号作品,起价50万元,有意收藏者,可赠送县城"梅芳花园"的所有权和命名权。高价卖画的消息,一传十,十传百,街头巷尾,一时成了焦点新闻。县里市里,省内省外,富豪们竞相出价,有人出50万,有人出80万……

最后,梅花的1号作品多少钱都没卖。富豪们只好花了10万、20万不等的价钱,买走了梅花的2号、3号等作品。

从此,梅花的画,价格一路飙升。

梅花的画究竟卖了多少钱，谁也不知道。

大家只知道梅花成了大画家。

树　痴

木老头，本来姓木，可村里的老老少少都叫他树爷，据说树爷爱树如命，为树生，为树死，也有人暗地里叫他"树痴"。

树爷出生的那天，树爷的娘挺着个大肚子，跟着一群堂客，在深山老林里，争着抢着捡摘重阳菌。说来也怪，那天既没有刮风，也没有下雨，突然，一棵大树无缘无故地就断裂了，不偏不斜，半截树干刚好压住了树爷的娘。殷红殷红的血，顺着树爷娘的双腿流下来，染红了那半截树干。树爷的娘早产了，树爷便出生在那片茂密的树林里。

树爷的爹，读了几年私塾，也算是半个文化人，于是，为树爷取了一个与树有关的名字：木森林。

树爷从小就爱树。每天最高兴的事，就是跟在林场护工的屁股后面，学着栽树、浇水、施肥，还有嫁接，小树爷一看就懂，一学就会，那个林场护工也蛮喜欢聪明勤快的小树爷。

树爷长大了，结婚了，生娃了。

后来，树爷因为树，妻离子散。

树爷在自家屋前屋后和自留地里，天天栽，月月种，估摸着至少都有上百棵的樟树、桂花树。家里只要有一分钱的收入，就连他堂客卖的鸡蛋钱，也拿去买了小树苗。家里三口人没了下锅米，树爷不管不顾，只晓得痴迷地呵护着他的樟树和桂花树。

树爷的堂客愤怒了，拖起一把砍柴刀，疯狂地砍向那一棵棵茂盛的樟树，肆意地砍向那一株株飘香的桂花……

树爷气急败坏地抢过堂客手头的砍刀，毫无理智地砍向他的堂客，鲜血四溅，万幸，总算留住了堂客的性命。

树爷的堂客忍无可忍，出院不久，一狠心，抛夫舍女，跟着别的男人跑了，不再是树爷的堂客。

树爷只剩下唯一的亲人——女儿彩霞。

彩霞，勤劳朴实，一晃，出落成大姑娘，女大当嫁，便和邻村的一个小伙子成了婚。

那年，彩霞修建新房子，缺钱，趁树爷不在家，悄悄卖掉了几棵樟树和桂花树。树爷回家，蹲在那几个被挖空的树坑旁边，哭了。从此，树爷不再理会彩霞，还当着众人的面，宣告脱离父女关系。

那年的八月，正是丹桂飘香的时候，一拨又一拨的城里人涌向树爷家，要买走他的樟树和桂花树。其中有一棵大樟树，城里人出高价十万块，只要树爷肯卖。

这回，出乎村里人的意料，树爷居然答应卖掉五棵树，城里人递给树爷整整 20 万。

树爷提着沉沉的 20 万，放到了村里小学校长的办公桌上。那年，年久失修、破乱不堪的校房，翻修得焕然一新。

大前年的八月，正是丹桂飘香的时候，八十高龄的树爷，主动联系城里人，卖掉了几十棵樟树和桂花树。听村主任说，足足有 50 万钞票，村主任还说，树爷要拿这 50 万帮村里建养老院。

前年的八月，正是丹桂飘香的时候，村里漂亮洋气的养老院落成。大伙儿搀扶着走路有些蹒跚的树爷，在噼噼啪啪的鞭炮声中，树爷当了人生第一回剪彩手。朝霞万道，照得树爷的脸通红通红的。

去年的八月，正是丹桂飘香的时候，树爷病倒在床，奄奄一息，托人请来了村主任和彩霞，现场立了遗嘱：木森林名下所有的樟树和桂花树，城里人估价200万左右。其中100万留给木彩霞，另外100万捐给养老院，建立一个养老基金。

树爷透过窗户，两眼直直地，死死盯着屋外那一片茂盛的樟树和飘香的桂花，昏黄的眼珠子再也没有转动过……

官　痴

吴洪波，与一般当官的人不一样，别人的官是越做越大，他是越当越小。

那年，吴洪波从部队转业回地方。在部队，吴洪波是正团级干部，立过二等功一个，三等功两个。当地市委组织部，考虑吴洪波功勋显赫，便任命他为家乡县城的副县长。

吴副县长上任以后，具体分管乡镇企业。日常的各项工作，政府办秘书科，每天安排了行事历，绝大部分时间，不是开会就是陪会；企业的发展情况，县乡镇企业局，按时报送了分析表，各项指标数据，基本上报喜不报忧。

军人出身的吴洪波，总感觉这个副县长，当得不是个滋味。他很怀念那种冲锋在前、战斗在先的部队作风，很不习惯这种按部就班、喝茶看报的工作模式。

吴洪波，做出了一个惊人之举：主动辞去副县长，申请回乡当乡长,这个新闻沸腾了整个县城,震惊了市委。

一夜之间,县长变成了乡长。

回到乡里,吴乡长准备甩开臂膀,大干一场。

可是,天天还是有那么多的会议,等着吴乡长去参加:党委会、党政联席会、人大代表座谈会、武装征兵会、计划生育会、民政扶贫会……

天天还是要迎来送往:县委、县府、人大、政协、军分区的领导下乡督导,络绎不绝;各级各部办委局的专项检查,连续不断……

吴乡长烦了,累了。

吴洪波,炸响了一个惊天之雷:主动辞去乡长,申请回村当村主任,这个消息传遍了整个乡镇,震惊了县委。

一夜之间,乡长变成了村主任。

吴主任,这回如鱼得水。

村里的山山水水,依然如故;村里的父老乡亲,沾亲带故。

吴主任,白天带着村委会的成员,丈量着每片山地,测画着每亩稻田,规划着每口堰塘;晚上领着支部的党员,组组座谈,家家访谈,人人交谈。

两个月以后,吴主任召开村民大会,描绘了泰平村的规划蓝图:穷山恶水要变青山绿水,绿水青山就是金山银山。

这些年,泰平村的老百姓,除了栽白菜,就是种棉花,家家户户日子过得紧紧巴巴。

村里的老人好心劝说吴主任:你就莫折腾了,咱这穷山恶水,挖不出金娃娃。

吴主任不肯信邪:不让大伙儿过上好日子,咱就不姓"吴"。

吴主任因势利导,还是让乡亲们栽白菜种棉花,这回是一片一片地栽白菜,满山满山地种棉花。不过,白菜换了新品种:矮脚奶大白菜;棉花变了新品牌:新疆高产棉花。

那年,眼看白菜丰收了,棉花高产了,可乡亲们着急了:吴村长,这么多白菜和棉花,到时候,白菜吃不完,棉花卖不出,咋办?

吴主任胸有成竹地说:莫急,吃不完,卖不出,咱自个儿解决。

吴主任一个电话,从广州叫来了一帮战友。短短一个月,这帮说干就干的战友,在泰平村建起了两座厂房:白菜脱水加工厂,特种纤维制造厂。

一颗颗白菜,脱水,加工,装进保鲜袋,运往广州;一朵朵棉花,抽丝,加工,绕成纤维团,运往广州。再从广州带回一麻袋一麻袋的人民币,泰平村的父老乡亲,盘古开天地,就没见过这么多钱,个个傻了眼。

第二年,吴主任领着大伙儿,翻修大小堰塘,又搞起了甲鱼水产养殖。据说,赚回来的钱,多得让乡亲们跟做梦似的。

后来,泰平村建了商场,修了宾馆,有了街道,有了广场;乡亲们搬进别墅,开上轿车,有了幸福,有了梦想。

今年十月,就在乡亲们欢度国庆的时候,吴主任被120救护车送进了县城医院。医生遗憾地说:劳累过度,心搏骤停,猝死。

吴主任被推进了医院的太平间。

泰平村,乡亲们取下一个个喜庆的红灯笼,挂上一排排沉重的白经幡。

在吴村长的坟头前,乡亲们想为他立一块墓碑,有人说刻上这几个字:县长、乡长、村主任吴洪波。

大伙儿征求最有学问的人,村里娃,在北京上班的李博士。他说,还是简单点好,就刻上五个字:官痴吴洪波。

书　痴

有人说老唐是书迷,也有人说他是书呆子,还有人说他是书痴。老唐是书不离手,离了书就没了精神,没了书似乎要了他的性命。

1

收书。

老唐穷,微薄的工资不够养家糊口,哪里有闲钱买书。新华书店的书,一本少则三五十,多则上百元。再好的书,也只能望而生畏。文钱逼倒英雄汉,老唐实在没钱,新书也买不回家。尽管如此,老唐还是喜欢逛书店,哪怕是摸摸书本,翻翻书页,闻闻书香,也行。老唐说,这叫过过"书瘾"。

周末,市区老体育中心的旧书摊,保准能瞧见老唐的身影。光秃秃的脑袋,在人群中特别显眼,也是旧书摊前的一道风景。这里的书,便宜。摊主都是熟人,一般两块钱一本,老唐还嫌贵,经常和摊主磨价,有时候,就为一块钱争得面红耳赤。

每个周末,老唐总要收购几十本旧书,这也是他最高兴最幸福的事情。

老唐的家里,弄了个小书房,满是淘回来的旧宝贝:《西游记》《三国演义》《水浒传》《红楼梦》,《史记》《资治通鉴》《淮南子》,

《封神演义》《儒林外史》《聊斋志异》,《西厢记》《琵琶记》《浮生六记》……

看见满屋子发黄的书,老唐那有洁癖的夫人,做梦都想点一把火,烧它个干净。于是,夫人收缴了老唐的工资卡。老唐没钱收购旧书,便日夜写文章,赚一点小稿费,继续逛旧书摊,乐此不疲。

2

馋书。

老唐读起书来,不顾时间,不管场所,经常闹笑话。

有一天,老唐陪夫人逛超市。在一家女式服装专卖店门口,夫人进店挑选衣服,老唐坐在走廊的长椅上,翻阅着随身携带的《湘西赶尸鬼事》。当夫人买好衣服出来的时候,却不见了老唐的影子。碰巧,那天老唐也没带手机。急得夫人四处搜寻,半个小时过去了,还是不见老唐的踪影。夫人只好紧急求助超市广播室,现场播放"寻人启事"。谁也没想到,老唐居然安安稳稳地蹲在卫生间,正聚精会神地看书。

还有一天,老唐独自出差,从张家界坐火车回常德。老唐上了火车,从包里摸出畅销励志书,书名叫《不抱怨的世界》。老唐读书有个毛病,不管一本书有多厚,不看完绝不放手。

车轮滚滚,书香浓浓。

不知过了多久,有着猎人眼光的女乘务员,查老唐的票。

老唐的眼光没有离开书,抬手递上一直攥在手里的火车票。

女乘务员似乎有点生气:不要逃票嘛,请您补买常德至益阳的车票。

老唐大吃一惊：益阳？我是回常德的？

女乘务员翻了翻白眼：您就别装了，逃票的都这样说。再等几分钟就到益阳站，请您现在补票。

老唐本想对女乘务员说：对不起，我光顾着看书，坐过了站。

可转念一想，这个时候，解释已经无济于事，只会越描越黑。

3

写书。

老唐从小就酷爱写文章。上高中的时候，就出版过诗集《雾朦胧》。据说，这本个人诗集，是学校极力推荐，入选了省教委第二课堂出版计划。提前交个底，这是老唐唯一公费出版的书。

再后来，老唐上了大学，参加了工作，步入了社会。写过散文，编过小说，陆续在各种报刊上，发表过不少"豆腐块"。文章逐渐多了，老唐便想结集成书。

老唐将整理的书稿寄给一家出版社，半年过去，石沉大海；再寄一家出版社，又过半年，杳无音讯。

有文友告诉老唐：你的梦想就是太单纯，可现实不是太美好。现在公费出书难，难于上青天。各家出版社，那是权威和名家的天堂。不过，只要你有足够的钱，找关系，买书号，自费出版，也蛮容易。

在朋友的运作下，老唐花光了这些年赚取的稿费，自费出版了一部散文集一部小说集。本来是值得庆贺的事，可老唐高兴不起来。缘由是出版社还有附加要求，作者必须负责每部书销售一千本。老唐背着自己没日没夜写的书，找书店，托朋友，费了九牛二虎之力，也只卖掉两百本。老唐继续努力，一遍一遍地打电话，同学烦了,直接关机,亲戚怕了,也不敢接。

老唐望着这些曾经激动不已的新书,摇头,苦笑,发呆。

老唐的夫人有魄力,一个电话,雇了辆三轮车,一千多本新书,就这样送进了废品站。

最近,榆木疙瘩的老唐灵光开窍,玩起了微信公众号,听说是夫人教会的。老唐还开设了小小说专栏,每周更新两篇,阅读量节节攀升,打赏额日进"斗"金。

老唐,这个书痴,终于学会了"赚钱"。

指　痴

单位里有个员工叫芷尺,念起来有些绕口,也不知道芷尺的父母为啥替他取这么个名字。

自从微信问世以后,同事们便给芷尺取了个"指痴"的绰号。最初听到这个绰号的时候,着实让人一头雾水,估计百度里也搜索不出这个新名词。后来,从同事们的经典流传中才找到些许来源:一个是芷尺成天地玩微信,沉迷其中,机不离手;二个是他的食指时刻准备着抢红包,久而久之,条件反射,食指不由自主地颤动,似乎有些不听使唤,不受控制;三个是"指痴"跟他的名字"芷尺"有点谐音的缘故。

前段时间,同学会建了一个微信群,群里不分白天黑夜地接龙抢红包,每次 100 元 5 个包,抢最佳者发。"指痴"沉醉于这种赌博游戏,几乎处于痴迷状态,整天两眼死盯着手机屏幕,可以不睡觉,也可以不吃饭,甚至蹲在卫生间也不忘抢红包。

清晨,提醒女儿上学的闹钟"叮叮"地叫个不停。"指痴"待在客厅的沙发里把玩手机,昨晚又是连续战斗,一夜未睡。"指痴"一边抢红包,一边叫唤女儿起床,女儿迷迷糊糊地应了一声,倒头便又睡着了。"指痴"一门心思地抢红包,哪里顾得上女儿起没起床,等"指痴"想起女儿上学这码事的时候,学校早就打了上课铃,女儿因为迟到挨了老师的批评,哭哭啼啼,死活不肯再上学。

上午,"指痴"参加单位"两学一做"的学习会议。台上,一把手神情严肃地做报告;台下,"指痴"专心致志地抢红包。手气背,撞霉运,半个小时,"指痴"不仅输掉了整整 500 块钱,还被单位纪检书记抓了个现场。一把手当场拍板,钦定"指痴"为单位的负面典型,全系统通报批评,公开做文字检查,工资降级一档。

下午,"指痴"跟科长请假,科长善解人意,同意"指痴"休息半天。"指痴"在家看了个把小时的电视,浑身不自在,心思全没在电视上,魂不守舍。于是,"指痴"决定开车绕柳叶湖兜兜风,抛抛晦气。手机"吱吱"地响,"指痴"知道同学们又在抢红包。"指痴"忍不住点开手机看了一眼,想想上午发生的事,还是自律地放下了手机。手机不断地"吱吱"响,"指痴"如同吸食鸦片上了瘾一般,再也按捺不住自己的心,控制不住自己的手,一边飙着车,一边抢红包。"砰"的一声巨响,车撞上了路边的绿化带,"指痴"不省人事。

"指痴"醒过来的时候,已经躺在了医院的病床上,右手严重骨折,全身多处软组织受伤。

晚上,当"指痴"的老婆从外地出差赶到医院的时候,"指痴"斜卧在病床上,右手被绷带悬挂在胸前,左手竟然还在笨拙地抢红包。

"指痴"的老婆，见到此情此景，气急败坏地抢过手机，重重地摔在地板上，手机碎片溅满病房。

第二天，"指痴"的老婆面无表情，心如死灰，两份离婚协议书无情地飘落在"指痴"的病床上。

二叔和幺叔

去年，二叔退休了。

今年，幺叔也退休了。

二叔是从副市长的位置上退下来的，幺叔以前是市委接待处主任。

两个人退了休，在家闲得慌。

幺叔邀请二叔回老家住几天。

幺叔说的话，二叔觉得在理：农村里空气新鲜，乡亲们待人热情；再说，咱哥俩以前上班的时候忙，回老家的时候也不多。这次回去，老老少少，乐和乐和，好好聊聊。

回到村里，二叔有些失落，蛮不乐意。

村支书一帮人整天围着幺叔转，领着幺叔钓鱼，陪着幺叔喝酒；乡亲们见到幺叔如同盼到了大救星，热情似火，感恩戴德。二叔被村支书晾在一边，乡亲们也没人搭理他，甚至有人横眉冷对。

二叔，一个人在村子里瞎转悠。

突然，冒出一群小屁孩，跟在二叔的身后，齐声喊着顺口溜：

二叔二叔莫埋怨，大副市长白当官，村里办事不沾边，当官不为民做主，回家没地种红薯。

二叔气红了脸，正要对着这帮孩子发火，村支书领着幺叔及时赶了过来：莫听孩子们瞎哄哄。

这群小屁孩掉过身来，围着幺叔又喊起了顺口溜：幺叔幺叔听俺唱，喊钱修路保通畅，父老乡亲共沾光，大官小官不如办事官，大叔二叔不如幺儿叔。

村支书一边驱赶着孩子们，一边给二叔陪着僵硬的笑脸：莫听孩子们瞎哄哄。

二叔恼羞成怒，气冲冲地搭车回了市里。

村里人在一起议论：二叔在当副市长时，特别坚持原则，铁面无私，村里求他帮忙的事，一件也没办成。幺叔却不一样，尽管职务比二叔低几级，权利比二叔小得多，可对村里人有求必应，升学，招工，解决低保，修路搭桥，乡亲们都念着他的好。

幺叔在村里多住了几日，天天钓鱼，餐餐喝酒。

那天，幺叔准备回城，乡亲们拉着他的手，一直送到村东头。

村东头，停着一辆白蓝相间的小车，闪着警灯。

两位警察请幺叔签了个字，掏出亮铮铮的铐子，冷冰冰地戴在了幺叔的手腕上。

村里人拦着警车，为幺叔鸣不平。

后来，乡亲们听说，幺叔犯的事，天大地大，全是钱的事，谁也救不了他。

经　验

二叔，是市委接待处退休老干部，家就在市委的院子里头。

二叔说话有个口头禅:凭经验,咱就知道。

那天,二叔"命令"我,陪同他回趟乡下老家。与其说是"陪同",不如说是让我当司机。

一大清早,开私家车,驶进市委家属区,我如约去接二叔。

二叔从菜市场回来,刚跨进家门,就发布新闻:凭经验,咱就知道。今天,上面要来大领导,来的还不止一个。

二婶司空见惯,调侃地问:你又是咋知道的? 这老头子,成天爱吹牛,真把自个儿当市长了。

二叔淡淡一笑:凭经验,咱就知道。我买菜路过接待处,看见宾馆的保安,全戴上了白手套,一个个如临大敌,肯定是上面要来人。再看看停车场,书记、市长的车都停在角落里,1号和2号车位,全空了出来,肯定是比他们大的官儿。你们不信吧? 当官儿的和咱老百姓不一样,上厕所都要讲究个级别,排个先后。

我笑着问二叔:您刚才说的这事儿,是个手机段子吧,我好像在哪里听说过。

二叔一本正经:凭经验,咱就知道。你们年轻人就是不懂这里面的规矩。你也不想想,二叔搞了一辈子的接待工作,啥阵势没见过?

二婶和我闲聊了一会儿,我便催促二叔上车。

大约半小时，车行驶至高速入口处。

二叔如同发现新大陆，兴奋地拍拍我的肩膀：快看，快看，1号车和2号车都在这里。我说的没错吧，市委书记、市长亲自在高速路口来迎接，这规格，这阵势，不是省委书记就是中央首长。凭经验，咱就知道。

开车安全第一，我就没搭理二叔。

吃晚饭的时候，市电视台播放新闻：今天上午，我市两名里约残奥冠军载誉归来，市委书记、市长前往高速收费站亲自迎接，全程参加表彰大会……

那天的晚餐也没喝酒，二叔的脸却红了。

还 钱

二狗子，村里村外，臭名远扬。

二狗子，嗜赌如命。能卖的就卖，家徒四壁。四处招摇撞骗，见人就借钱，满身的债务。

去年秋天，村里人实在容不下二狗子，被大爷等人赶出了家门。

今年秋天，二狗子又回到了村里。

二狗子发财了，在深圳做生意，赚了小20万。只是村里人还不知道。

这次，二狗子想回家还钱，他自己也记不清到底欠了多少人的账。有三笔是必须还的：大爷，无儿无女，孤苦伶仃，这1000块钱，是二狗子编了理由骗来的；孙寡妇，拖儿带女，无帮无助，这2000块钱，是二狗子借口当倒插门哄来的；姐夫和姐，起早贪黑，辛辛苦苦，这3000块钱，是二狗子趁姐和姐夫不在家偷来的。

二狗子，低头，见到姐和姐夫：对不起，去年那事，我错了……

姐夫阴着脸：算了算了，就算我倒霉。以后咱井水不犯河水，我和你姐就烧高香了。

姐根本不愿看二狗子一眼，"砰"的一声关上了大门。

二狗子裤兜里的3000块，没法还回去。

二狗子，低头，见到孙寡妇：那时候，手头紧，不得已而为之。今天，我是来还你钱的。

孙寡妇骂骂咧咧：你这个黑心肠，不要再来祸害人。天晓得，你又在玩啥鬼把戏？那2000块就当打了水漂。

孙寡妇招呼着孩子们，"砰"的一声关上了大门。

二狗子裤兜里的2000块，没法还回去。

二狗子，低头，见到大爷：我是来还您钱的。

大爷抡起长长的竹笤帚：狗东西，你还有脸回来。

二狗子掏出裤兜里的1000块钞票：大爷，这是还您的钱。

大爷高高举起的竹笤帚，险些划伤了二狗子的脸：你给老子滚蛋，拿着一坨假钱，又想蒙老子。

二狗子拿在手里的1000块，没法还回去。

二狗子无奈地摇摇头，自言自语：咸鱼翻身，还是咸鱼。

秘　书

张志刚这次荣升市财政局长,全仰仗李副市长的提拔。

其实,外人都知道这里面的传闻:张志刚的老婆秋梅以前是李副市长的秘书。据说,秋梅当时是李副市长最宠的人,关系非同寻常。

不过,秋梅现在不再当秘书了,去年春节前,已经上任市信访局副局长。接替李副市长秘书的是秋梅的闺蜜夏雨,秋梅和夏雨从小在一起长大,读书是同学,当文艺兵是战友,两个人看起来亲密无间,好得跟一个人似的。

那天,张局长出差,晚上住在当地一家豪华的宾馆,幸福地搂着小蜜,漫不经心地看着电视。当看到王宝强和马蓉离婚的花边新闻时,忍不住就给老婆秋梅打了个电话。

两口子聊了几句家常,秋梅说:"你出差辛苦,不要熬夜,就早点睡吧! 再说,今天我也太累了……"

突然,张局长听见电话里有手机的响铃声……

张局长敏感而又疑惑地问:"我怎么听见屋里还有别人的动静呢? 刚才那个手机铃声是谁的啊?"

秋梅有丝慌乱地解释:"哦,夏雨在卫生间,是她的手机在响。这不,你出差在外,家里就剩下我孤零零的一个人,实在有点害怕,只好叫夏雨过来陪陪我。"

张局长猛地抽了自己一个耳光,郁闷地说:"哦,那就这样吧。"

放下电话。一直贴在张局长耳朵边偷听的小蜜，惊诧地自言自语："刚才那个手机铃声好熟悉啊？哦……这不是前天我刚给老板自录的新铃声嘛？这个铃声可是独一无二的版本，怎么……"

原来躺在张局长身边的小蜜，正是李副市长的秘书——秋梅的闺蜜——夏雨。

那晚，张局长失眠了，抽了整整一宿的烟。

车位出租

柳荷新苑小区，成百上千的居民聚众闹事，集体堵门。

有人拨打了 110，有人向媒体爆料，还有人惊动了市长热线。原来是小区地下车位出租引发了群体事件。

据说，小区地下车位所有权归属开发公司。

前几年，地下车位免费使用，小区居民和开发公司相安无事。

前几天，开发公司贴出公告：从 10 月 1 日开始，地下车位收取停车管理费，标准为每月 300 元。

小区居民赵新华第一个高举反对大旗：地下车位归属小区居民共有；收费标准太高，必须召开业主大会，民主商议收费价格。

一呼百应。钱大宝、孙为民、李得利……全站了出来。几十人，几百人，上千人，站在了赵新华的旗帜下，拉标语，喊口号：还我车位，声讨开发商。

开发公司紧急召开应对会议。

公司会议室，几位高管六神无主，一筹莫展地望着李董事长。

李董事长掸了掸指间大雪茄的烟灰，翻开桌上的笔记本，挥笔写下了两句话，交给了站在身旁的女秘书。然后，李董事长镇静淡定地说：没事，没事，各位该干吗干吗。

小区居民闹了两天，开发公司没有回复任何信息，只是在地下车库增派了大量保安。

无奈，赵新华、钱大宝、孙为民、李得利……只好转移战场，静坐市政府，状告开发商。

市政府派人与开发公司调解，协商无果。

赵新华等人使出撒手锏，组织一帮堂客，提着农药瓶子，拿着麻索绳子，跑到开发公司大门口，佯装喝药，上吊。

开发公司，大门紧闭，不管不问，任凭这帮堂客瞎折腾。

就在赵新华一拨人无计可施的时候，开发公司贴出告示：根据小区居民反馈的意见，地下车位收费标准，从每月300元下降为150元，请速办租赁手续。

赵新华等人鼓动小区居民：咱们一定要挺住，逼迫开发公司再降价。

告示贴出一个星期，没有一个居民交费。

一周以后，开发公司再贴告示：由于签订车位的居民较多，目前车位所剩无几，从即日起，收费标准每月提升为200元，请从速办理。

小区居民慌了神，乱了阵脚，相互打听，相互传言：听说开发商给赵新华免费送了一个车位；钱大宝可能暗地里签了150元的低价合同；孙为民也许早就交了租赁费；李得利说不定得了开发商的好处……

第二天清早，小区居民在开发公司门口排起了长队，每月200元的地下车位，不到一上午就被抢购一空。

李董事长站在办公室，临窗而望。

几位高管指着楼下排队的人群，惊奇地问李董事长：那天开会，不知道老板写下的是啥锦囊妙计？

站在李董事长身边的女秘书，翻开笔记本，一板一眼地念了起来：

上访三部曲，一闹二告三上吊，随他去；

买涨不买跌，先高后低再加价，拿钱来。

女秘书刚落音，众人掌声一片，纷纷竖起大拇指：李董，高人。

居委会主任

陈朔，是市郊区荷花居委会主任，担任基层领导多年，工作经验丰富。

前年，区里全面打造"两化"工程：美化居民住房和绿化主干道路。

回到居委会，陈主任立马召开了居民动员大会，200多户居民竟然没有一家响应号召。缘由就是上级没有拨款，居民坚决不自费。

区里的领导天天督促工程进度，陈主任一筹莫展，心急如焚。

陈主任坐在办公室抽了一天的闷烟。天无绝人之路,傍晚时分,一条妙策计上心来。

陈主任叫来小喇叭,神神秘秘地告诉他一个重大消息。

小喇叭是居民小区公认的"地下情报员"。上至国家的大政策,下至邻里的小八卦,没有小喇叭不知晓的。只要小喇叭知道的信息,一般用不了半个时辰,居民小区便妇孺皆知。

小喇叭挨家逐户地发布新闻:区里准备扩建街道,咱们小区属于拆迁范围,听说这个月上面就会来人敲定补偿标准。

这则新闻,如同水溅油锅,整个居民小区沸腾了。

一时间,家家增加楼层,户户装修门面。不到一个月,整个居民小区的住房焕然一新。唯独只有陈主任家的房子依然如故。

区里的"美化居民住房"工程验收小组,通报表扬了荷花居民小区的"丰功伟绩"。

接下来,区里转入"绿化主干道路"工程大会战。

陈主任如法炮制。

陈主任又叫来小喇叭,神神秘秘地告诉他一个重大消息。

小喇叭挨家逐户地发布新闻:省道 107 改道新建,经过咱们小区主干路,听说主干路两旁的花草树木一律有补偿。

一时间,家家在路旁栽树,户户在路边种花。不到半个月,整个小区主干路两边,树成排,花成行。唯独只有陈主任家没有栽一棵树,也没有种一株花。

区里召开"两化"工作总结大会,陈主任登上了领奖台。

半年过去了,居民们天天追问陈主任:啥时候拆迁? 啥时候改道?

陈主任搪塞着:不急,快了。

其实,陈主任心里明镜似的:哪里有拆迁? 哪里会改道?这是他无中生有,巧借小喇叭发布虚假信息,利诱居民自发完成"两化"工程。这不是"两化"工程逼得急,没办法的办法嘛。

又过了半年,居民们天天追问陈主任:啥时候拆迁? 啥时候改道?

陈主任无奈地搪塞着:不急,不急,快了,快了。

再过了半年,区里扩建街道,荷花小区的居民住房真的要拆迁;107改道新建,主干道路的花草树木真的有补偿。

喜从天降,小喇叭发布新闻,居民们奔走相告。

没几日,拆迁款到了户,补偿款到了人。

居民们纷纷为小喇叭竖拇指,个个向陈主任道感谢。

可陈主任却一脸的忧郁和懊悔:他家的房屋拆迁款分得最少,花草树木的补偿款一分也没得到。

陈主任的老婆李洁,暗地里没少指责他:机关算尽,自作自受。

老妈排队

自从老妈退休以后,每天最重要的事情就是排队,这是她的必修课。譬如超市开业去排队,商品打折去排队,老年健康讲座去排队,总之,只要是在市城区的范围内,哪里出现排长队的地方,保准就能见到咱老妈的影子。

欢乐城开业的那天,老妈早上六点钟就洗漱完毕,来不及吃早餐,直奔开业现场。听说,那天开业的时间是 9:58,老妈双手轮换着支撑起老痛腰,排了整整四个小时的队。中午时分,老妈气喘吁吁地提回四壶茶油,疲倦的脸色掩饰不住激动和兴奋:今天赚大了,茶油的开业优惠价只有 30 块钱一斤,外面每斤 40 块,今天买了 20 斤,一共赚了 200 块。

看着那四壶五斤装的茶油,说心里话,很烦,可我和老婆不想惹老妈生气,只能强装笑颜。

第二天,小区前面有一家药店试营业,老妈又起了个大早,带上家里所有人的医疗卡,不辞辛劳地挤进排队的长龙中。中午时分,老妈抱回一大堆各种各样的药:有治感冒的,有降三高的,有管跌打损伤的,居然还有保健茶。

老婆不敢也不想得罪婆婆,我便埋怨地对老妈明知故问:买这么多药干啥? 咱家准备开卖药的超市?

老妈疲倦的脸色依然掩饰不住激动和兴奋:只要买足 500 块钱的药就可以送一壶茶油,今天又赚了一壶油。

我忍不住责怪老妈:俗话说,只有买上当的没有卖上当的。这赠送的一壶油,还不是羊毛出在羊身上。再说,买这么多药又不能当饭吃。

老妈不服气地说:反正我是赚了一壶油。

盯着这壶赠送的油,我突然发现了一个问题:妈,您自个儿瞧瞧,这壶油也是五斤装的,和昨天的四壶一模一样,还是同一个品牌,这上面标明的价格,还比昨天的每斤低两块钱,您不是说昨天赚大了吗?

这回,老妈无话可说,一下瘫坐在沙发上,眼睛有些红润。

第三天，刚好是周末。早上已经过了八点，今天奇了怪，老妈咋还没起床？我慌忙闯进老妈的卧室：妈，您这是咋地？病了？

老妈的声音有点嘶哑：感冒了，腰病也犯了。

我摸了摸老妈的额头：发高烧，赶快上医院。

老婆在一旁小声嘀咕着：天天排队，外面那么大的风，不感冒才怪；这么一把年纪了，一站就是大半天，腰病能不犯？

老妈坚持不去医院：家里不是有那么多感冒药吗？随便吃点就行。腰病是老毛病了，不打紧，休息两天就好。

说话间，老妈越烧越厉害，最后还是住进了医院。

三天以后，老妈出院。回家的路上，老妈心疼地算着小细账：哎，这回亏大了，排队买了600块钱的油和500块钱的药，还搭上了2200块钱的住院费。

回到家里，老妈每天痴迷地站在阳台上，望着对面街道上几处排队的人群，好像有些羡慕和冲动，却又有些抑制和无奈。

就这样，老妈在家休养了一阵子，似乎在慢慢地淡忘每天排队的大事。

有个好消息，这两天，老妈高高兴兴地融进了跳广场舞的人群。

老爹治病

去年，身体毛病多，不顺畅，我先后住了两次医院。

第一次，单位工会组织体检，结果显示：Ⅱ型糖尿病，空腹血糖值9点,餐后两小时14点。在医生的强烈要求下,我接受治疗半个月。

出院的时候,指标有所下降。医生嘱咐:必须坚持节食和运动,否则会反弹。

过了三个月,我自费复检,结果出乎意料:空腹血糖值10点,餐后两小时15点。

指标不降反升,我又住进了医院。

住院期间,老爹从乡下赶来看望我。

老爹是乡里远近闻名的老中医,虽然十里八乡的老百姓都尊捧他为土"神医",但我没觉得老爹有啥高明之处。他捣弄的那些中药,全是山上的野草野花和树根树皮,那股子草药味,实在难闻,我还是相信打吊针吃西药。

老爹询问了我的主治医生以后,坚定地对我说:儿子,听老爹的,马上出院,回乡下治疗,俺有秘方,保证有效。

说心里话,我是一百个不愿意接受老爹的治疗,可拗不过老爹的软缠硬磨;另外,主治医生也建议我不妨试一试。我只好跟单位领导续请了病假,被老爹生生拽回了老家。

回家住了十来天,老爹也没给我用过啥药。每天就让我随母亲下地干农活,一日三餐老爹亲自下厨,除了白菜就是萝卜,闻不到半点肉腥味。

我有些不耐烦地问老爹:不是说有啥秘方? 一晃快半个月了,天天让我当农民,伙食还这么差,这跟吃斋念佛有啥区别?

老爹不慌不忙,不温不火,可能中医都是这个脾气:莫急,莫急,这就好比你工作上的事情俺不懂,俺治疗上的道道你也不懂。听俺的话,准没错,你只管在家住满一个月,那就行。

每天,我依然随母亲下地干农活,一日三餐,还是白菜和萝卜。

原本就是农民儿子的我，慢慢又变回了农民，慢慢喜欢上了土地和泥香，慢慢迷恋那一片片水稻和高粱。这种田园生活是很多城里人无福消受的，这种"日出而作，日落而息"的生活方式，唤醒了我最原始的幸福指数。

不知不觉，一个月出了头。老爹催促我说：你回城复检一下指标，看看咋样？若是有效果的话，你再抽时间回来，接着在屋里治疗。

我疑惑地问老爹：这咋可能呢？一没吃药打针，二没见您用啥秘方。

回城，直奔医院，复查指标，结果让我喜出望外：空腹血糖值7点，餐后两小时10点，越来越接近正常值。

医生还告诉我一个好消息：你的脂肪肝也明显好转。

我第一时间打电话给老爹。

老爹还是那么不紧不慢地说：儿子，其实你那一身病都是富贵病，根本不需要住院吃药。俺也没啥秘方，你只要经常抽节假日回趟乡里，种种地，下下田，多吃蔬菜，少食荤腥，自然就好。对了，你那个脚气应该也好些了吧？以后要常穿布鞋，少穿皮鞋。

老爹不说不知道，我的"香港脚"真的不臭了，这也许就是天天赤脚下地干农活的好处。

现在，一有空闲的时间，我就拖儿携妻直奔老家，当农民，吃农家菜，享受农村生活。

其实，现在看来，老爹还真有"秘方"，老爹也真是"神医"。说真的，我乐意接受老爹的无限期"治疗"。

借　车

咱们家的那辆破车,昨天又出现了故障,只好送进修理店。

今天是老妈的生日, 必须回趟村里看望她老人家, 这是雷都打不动的事情。

开私家车习惯了,搭中巴车不方便,没车咋办?

还是老婆脑瓜子灵活:"要不,借妹妹的车用一趟?"

"我看行,不过, 还得你跟姨妹子说一声, 我这当姐夫的不好开口。"我的理由还算比较充分。说实话,现在的社会,有两件事不到万不得已不要麻烦别人:一是借钱,二是借车。

从常德出发,上二广高速,不到一个小时,就顺当地回到了临澧老家。

为老妈祝完寿,吃过生日宴,又踏上了回城的路。

当车行至双桥坪路段时,导航提示"严重超速",我下意识地看了看仪表,140迈。坏了,这回可能要扣分。

祸不单行。下高速以后,突然,从副驾驶那边挤过来一辆三轮车……

谢天谢地,问题不大,只是右边的后视镜刮坏了。那个三轮车师傅也还蛮爽快,主动递给我老婆五百块钱。

"老公,赶快找个修车行,换一个新的后视镜啊。"听老婆说话的意思,估计是不想让姨妹子知道这个事情。

我觉得也是,免得姨妹子知道了不舒服:"行,我有个同学开汽车维修店。"

"老同学,你这种车型已经停产了,咱这店子里没有这种后视镜。我建议你还是到 4S 店看看,兴许那里有备货。"开维修店的老同学如实地说。

没办法,时间紧迫,只能去 4S 店碰碰运气。

幸好,4S 店还真剩一个同型号的后视镜,没花几分钟,师傅就麻利地换好了。

"老婆,时间还早,咱干脆去洗洗车,一个是洗干净以后,让姨妹子看见爽快些;二个是换了后视镜,洗了车就不容易看出来。"我的这个提议,老婆也蛮赞同。

车洗得干干净净,漂漂亮亮。

当咱将车钥匙还给楚楚动人的姨妹子时,她微笑着说了一句话:"感谢姐夫帮我换了一个新后视镜啊。"

"你,你怎么……知道……"我说话从来没有这么紧张过。

姨妹子不紧不慢地说:"这有什么奇怪的呀,我开通了 4S 店的'微信车管家',车什么时候保养,什么时候维修过,换了什么件,'微信车管家'都会自动显示。"

"那,那什么……"我语无伦次。

姨妹子接着说:"不过,如果超速要扣分的话,我可要拿姐夫的驾照去销分喽。"

我的脸上感觉有些火辣,好像被人抽了两耳光:"连……连超速你也知道?"

"姐夫,我安装了'微信路况',它可以实时反馈车辆的驾驶信息。"姨妹子的表情没有不高兴,似乎还有些得意。

我和老婆尴尬地逃离姨妹子的家。

一路无语。

真是瞒天地瞒良心也瞒不过微信。

驾　考

明天上午，补考科目三。老婆在客厅里来回晃悠，紧张，郁闷，不知所措。

这回是老婆学车以来，第三次补考科目三。每次考试之前，练习得熟熟的，当着师弟师妹们的面，教练还经常表扬她。可一进考场就慌了神，脑子一片空白，双腿老是不由自主地打战。

第一次，忘了系安全带，直接挂了。

第二次，起步挂进三挡，当场熄火。

明天怎么办？老婆急得六神无主。我也看在眼里，急在心里。

其实，作为一名老司机，我在驾校观摩过老婆平时训练的情形。按理说，她开车的技术通过考试应该没有问题，根本原因还是心理紧张。

看样子，这回要帮老婆下点猛药才行。

我灵机一动，拿出手机，声音突然提高了八度："喂，哥们，你还在驾考中心高就吧？求你帮个忙，我老婆明天补考科目三，麻烦你打打招呼……"

当我挂掉电话时，老婆无助地望着我，却又如同抓住了一根救命稻草，催着问结果："咋样？你那哥们肯帮忙吗？"

我一脸灿烂地告诉她："你老公是谁？一切搞定，明天包你考过。"

"谢谢老公,这回咱放心了。"老婆兴奋地在我的脸上,狠狠地亲了一口。

我趁热打铁:"老婆,不过那哥们说了,只要你能正常发挥,动作规范,不违反原则上的错误,就可以保证你考试过关。"

那天晚上,老婆睡得很香。

第二天上午,将近 11 时,收到了老婆的微信:"过了,谢谢老公,也谢谢你那哥们。"

下午,老婆兴高采烈地回到家:"老公,这回咱是'一把过',要不,咱请你那位哥们吃餐饭,感谢感谢人家?"

我一脸坏笑地回答老婆:"那你就请我吃大餐吧,人家压根儿就没有打招呼,你是凭自己的真本事考过的。"

老婆云里雾里:"到底咋回事?"

我捏了捏老婆的鼻子:"实话告诉你吧,在驾考中心,我根本就不认识什么哥们,昨天晚上打的那个电话,也就是装模作样,安慰安慰你,帮你调整调整心态,想不到这招还真管用。"

"你坏死了,坏死了……"老婆撒娇地捶打着我的背。

闯红灯

任鹏飞,是高秋菊学车时候的师哥,一米八的身材,一脸阳光,标准小鲜肉。目前,在一家私立学校当体育老师。

高秋菊,是咱市里一家房产大佬的女儿,身价过亿,典型的含着金钥匙出生的富二代。高秋菊还有一个姐姐,比她大一岁,叫高冬梅。这姐妹俩,出落得标致水灵,如同双胞胎。唯一不同的是:高秋菊看见书本就头疼,初中没毕业就闲在家里;高冬梅从小就酷爱念书,大学毕业当了一名老师,和任鹏飞在同一所学校任教。

在驾校学车期间,任鹏飞和高秋菊恋爱了,据说是高秋菊追求任鹏飞。

前不久,两个人刚刚拿到驾照。

高秋菊开着老爸给她新买的宝马,直接驶进了任鹏飞任教的那所私立学校。

"鹏飞,你来开车,试试感觉如何? 咱去柳叶湖兜兜风吧。"高秋菊将车钥匙递给了任鹏飞。

任鹏飞开着新宝马,小心翼翼地在柳叶大道上行驶。高秋菊坐在副驾驶的位子上,随着车载音响的节奏,扭动着细腰肢,幸福地哼着流行歌曲。

前面路口是红灯,任鹏飞规矩地停下车,安静地等待绿灯亮起。

"开过去呀,停下来干吗?"高秋菊不耐烦地催促任鹏飞闯红灯。

"你没看见是红灯吗? 这怎么能闯啊?"任鹏飞一脸严肃。

高秋菊眼睛一瞪,翻脸就要起了富家小姐的脾气:"你真是个窝囊废,书呆子,这儿车少人少,再说,我这新车也没上户,闯个红灯怎么啦?"

任凭高秋菊雷霆大发,任鹏飞就是岿然不动,坚持不闯红灯。

"混蛋,你给姑奶奶下来,让姑奶奶自己开。"高秋菊气急败坏地将任鹏飞拉下车。

高秋菊狠狠地踩了一脚油门，回头向站在路边的任鹏飞果断地扔下一句话："一个连红灯都不敢闯的男人，谁会放心将终身托付给他？拜拜。"

任鹏飞，望着那闪电般驶去的宝马，呆如木鸡。

就这样，高秋菊一脚蹬了任鹏飞，如同她狠狠地踩了一脚油门。

分手一个月以后，任鹏飞和高冬梅居然恋爱了。据说，这回是任鹏飞追求地高冬梅。

有人说："任鹏飞这小子有两招，妹妹甩了他，他就去找姐姐，不是贪财就是报复……"

周六，任鹏飞又开着豪车去兜风。高冬梅也有一辆她爸给买的新宝马，和高秋菊的一模一样，只不过高冬梅平时很少开它而已。

还是柳叶大道那个红绿灯路口。红灯亮了，这回，任鹏飞是不管不顾，风驰电掣地闯过了红灯。

吓得高冬梅脸色苍白，说话都变得结结巴巴："你……你怎么能够闯……闯红灯呢？简直不可思议。"

周日，高冬梅主动向任鹏飞提出分手。

任鹏飞委屈地解释："就为昨天闯红灯的事？那儿车少人少，再说，你这新车也没上户，闯个红灯怎么啦？"

"一个连红灯都敢闯的男人，谁会放心将终身托付给他呢？拜拜。"高冬梅淡定地转身，优雅地离去。

那狗·那人

　　花花是一只白色的流浪母狗，近段时间，经常在小区溜达玩耍。虽然浑身的毛有些邋遢，但还是看得出牧羊犬那机灵的神采。

　　优优是邻居老刘家养的一只导盲犬，全身金黄色的长毛，特别温顺听话，从不叫唤。每次在小区见到优优，只要叫上一声"优优"的名字，它就会兴奋地跑过来，围绕在身边摇头摆尾地亲热一番。

1

　　自从花花在小区出现过几次以后，优优就开始不安分起来。听邻居老刘埋怨地说："这段时间，优优脾气特别坏，每天总想逃出去，要找花花约会。昨天，竟然咬断了套在它脖子上的绳索。"

　　花花每天在楼下发情地叫唤，楼上从不叫唤的优优，也居然发出了低沉地回音，此起彼伏，那声音特别刺耳，特别闹心。

　　终于有一天，优优变得疯狂起来，咬伤了老刘的大腿，还殃及了老刘两岁的孙儿，孙儿嫩嫩的手臂上，留下了几道爪痕。就这样，优优义无反顾地逃离了老刘家。

　　好几天，小区安静如初，不见流浪狗花花和家狗优优的身影，据老刘猜测，可能是花花和优优私奔了。

起初,老刘家派人四处寻找优优,可惜的是一直杳无音讯。

后来,大家就摇着头,对老刘家的人说:

"这种狗是养不牢的,始终要跑出去的。"

"花花那个母狗,骚得很,就是它勾引的优优。"

"好狗不会流浪,流浪狗不是好狗。"

"优优想跟花花流浪,那就随它们去吧。"

2

直到有一天,老刘家两岁多的孙儿,不慎掉进了小区里的臭水沟,吓得老刘家的保姆呼天喊地:"救命啦,救命……"就在左邻右舍奔向臭水沟时,说是急,那是快,瞬间,从人群中跃出一条脏兮兮的狗,猛然跳进臭水沟,托住了落水的老刘家的小孙儿。后来,在大家的帮助下,小孙儿被救上了岸,有惊无险,这时,大家才看清那条脏兮兮的狗,就是失踪两个月的优优。

左邻右舍开始议论纷纷:

"这回多亏了优优这条狗。"

"狗是最忠诚的动物。"

"失踪的狗一定会找到回家的路。"

"狗是知恩图报的。"

老刘感动地抚摸着久违的优优,老刘拖拽着优优,想让它回家,可优优倔强地扭头就跑,跑得无影无踪。

3

第二天晚上,有人在小区地下车库,发现了优优和花花。它们两个的身上都特别脏，花花的白毛，已经染成了泥巴色。花花怀上小狗了，肚皮下垂，几乎拖到了地面上，看样子就快临盆生产。优优一直跟在花花的身后，左右守护着，如同老公呵护怀孕的妻子一般。

第三天早上，地下车库的保安，见人就说："昨天晚上，流浪狗花花，生下了两只小狗崽。"婆婆妈妈和大婶大姐们，听闻这个小区的头版头条之后，迫不及待地涌到地下车库，争着挤着看热闹。就在地下车库的一个出口楼梯下，阴暗的角落里，隐隐约约听见小狗崽的啼哭声；还有刚当狗妈妈，而且身体略显疲弱的花花，面对这么多好奇的人们，发出了一种母性"护犊"的、动物本能地警告鼻音；优优在楼梯外围，像哨兵一样巡逻，对这些看热闹的人们，警惕地竖起了两只大耳朵。

人们开始交头接耳：

"难怪优优要离家出走，原来是要当爹了。"

"不知道牧羊犬和导盲犬杂交的混血儿，该长什么样子呀？"

"优优为了追随花花，有家不回，哎，优优也变成了流浪狗。"

"这花花正值哺乳期，没东西吃咋办？小狗崽不会饿死吧？"

就在人们说东道西的时候，优优叼着两块骨头，送到了花花的面前；接着，老刘端着一大碗狗粮，从人群中挤进来，还顺手拧开一瓶矿泉水，小心翼翼地倒进早已准备好的一次性塑料碗里。

尽管老刘每天都去地下车库送狗粮，但优优还是坚持从外面叼回几根肉骨头。老刘好几次试图劝唤优优回家，可优优态度坚决，大有"为狗夫为狗父"的男儿气概。

4

一个星期之后，老刘伤感地说："两只小狗崽被人偷走了……"

花花和优优慌乱地四处乱窜，黯然忧伤的四只狗眼，搜索着每一个有狗叫的地方。

有人猜测："这小狗崽肯定是老刘抱走的，贼喊捉贼。"

有人举报："昨天晚上，地下车库的保安，趁花花和优优出去找吃的时候，抱走了两只小狗崽。"

花花和优优轮流值班，花花守在地下车库楼梯口时，优优就跑到小区里面和周边，寻找小狗崽；优优守在地下车库楼梯口时，花花就跑到小区里面和周边，寻找小狗崽。它们蹲守在生产小狗崽的地方，也许是一种期盼、一种等候，期盼和等候丢失或者走失的小狗宝宝的回归；它们坚持四处寻找，也许是一种亲情本能、一种精神寄托，一天、两天，一周、两周……哪怕是毫无结果。

花花明显消瘦，目光变得有些痴呆，整天不吃不喝，在地下车库和小区的每一个角落，蹒跚地晃动；优优焦急郁闷，呈现出疯狂的状态，围绕小区来回奔跑了千次万次，搜索了千遍万遍。

5

今天早上，花花和优优，袭击了地下车库的保安，就是有人举报偷了小狗崽的那个保安。保安浑身是血，伤痕累累，听说，大腿上还被花花撕咬掉了一大块肉。保安住进了医院，据大夫讲：

"只差那么一点点,气管就会被咬破,不幸中的万幸。"

　　不知道花花和优优,为啥要袭击那个保安,也许是它们发现和找到了保安偷走小狗崽的证据;也许是一种发泄;也许是丢失小狗崽过于悲痛而造成的一次误伤。不过,这些仅仅只是猜测而已。

　　保安的家属召集了好多人,拿着木棍,举着铁锹,甩着链子,这帮人,疯狂地追杀着花花和优优,可以想象得出那种血腥的场面。花花的两条后腿瘸了,优优已是奄奄一息,它们拼命地躲进了那个生产小狗崽的阴暗的狭小的地方。任凭那帮凶神恶煞的人,歇斯底里地叫喊,花花和优优始终没有出来。这帮人以为两只狗被打死了,这才解恨地离去。

　　过了十来天,保安出院了。当保安走到地下车库楼梯口时,花花和优优,居然从阴暗的角落里爬了出来,它们使出最后的一丝力气,好像要扑向保安再次拼命似的,可花花和优优始终没有站起来,四只眼睛充满愤怒,杀气腾腾,死死地盯着保安。那个保安和两只狗就这样对视着,僵持着。大概十多分钟,花花和优优悲愤地喘完最后一口气,整个身子抽颤了几下,再也一动不动了。

　　临死,那四只狗眼发出的杀气和仇恨,足以让那个保安不寒而栗。

偷与骗

花花是一只有思想的土狗,温顺乖巧,忠于主人,村里人都喜欢花花。

花花几乎每年都要产下一或两窝小狗崽。

也不知道是哪只公狗播的种,什么时候播的种,就在去年冬天,花花产下了三只小狗崽:一黑一白一黄。

临近满月。

二十多天来,花花第一次离开狗窝,在村子里溜达溜达,舒展舒展筋骨。花花回到狗窝时,小黑狗不见了。

花花第二次离开狗窝,小白狗不见了。

花花第三次离开狗窝,小黄狗不见了。

后来,花花从村子里的"猫朋狗友"中得知消息:邻村一个叫麻叔的狗贩子,偷走了小黑狗、小白狗和小黄狗。

大年三十的晚上,花花袭击了醉酒的麻叔,伤势严重,麻叔在乡卫生院度过了春节。

花花仇恨小偷,不管是麻叔还是癫叔。

也不晓得是哪只公狗惹的祸,什么时候惹的祸,就在今年夏天,花花又产下了两只小狗崽:一麻一花。

这回,花花的主人为提防麻叔再偷狗崽,便将狗窝挪进了屋子里。

满月之后。

花花首次离开家,是主人用几根肉骨头故意诱惑的。花花回到狗窝时,小麻狗不见了。

主人第二次递上肉骨头的时候,花花坚定不移,坚守狗窝,任凭肉香扑鼻,任凭口水直流。

主人使出撒手锏,断了花花的狗食,一连三天。

第四天,当主人递上肉骨头的时候,花花蹒跚地跟着主人离开了狗窝。花花回到狗窝时,小花狗不见了。

一向温顺乖巧、忠于主人的花花,疯狂地猛扑主人,死死地咬住主人的脖子,血如井喷。

主人在送往医院的路途中,离开了人世;花花在家里人的追杀中,逃离了村子。

花花仇恨小偷,更仇恨骗子,哪怕是自己的主人。

鸡犬升天

麻哥的堂客香群,杀了家里最大的一只芦花鸡。一家人围桌而坐,举杯庆贺麻哥当选村支部书记。大黑狗和小黑狗,在桌子下面,穿来钻去,争抢着吃剩的鸡骨头。这两只狗,那是麻哥的命根子。听说有一回,麻哥在地里劳作的时候,一条毒蛇爬到了他的脚跟边,千钧一发,大黑和小黑合力咬死了毒蛇,救了麻哥一命。后来,蛇毒发作,两只狗嘴,肿得像两个皮球。幸亏村里的兽医医术高明,这才保住了大黑和小黑的性命。

对这次村党支部换届选举的结果,村民们似乎有些意外,却又在意料之中。

麻哥虽然不姓"麻",但全村老老少少都这么叫,大伙儿几乎忘记了他的真姓实名"胡中华"。据说,他小时候出"麻疹",留下了满脸麻子的后遗症。那时节,一般不到人命关天的时候,农村人是不会送医院的,当然医疗条件有限,附近也无医可就。

麻哥,在村里担任会计兼治安主任。十年如一日,工作认真,为人亲和,办事爱较真,时尚地说,就是特别坚持原则,这一点让家里人爱恨交加。

上任第一天,麻哥,不是,现在应该叫"胡书记",他嘶哑的声音,透过大喇叭,传遍了村里的每个角落:"喂,喂,俺现在宣布一条硬规定,在俺任职期间,任何人不允许公款吃喝,不管因公因私,村里不准报销一分钱的吃喝款,俺也不例外,请全体村民监督。"

第二天,乡政府驻村干部小郑,来村里联络工作。午饭,胡书记安排香群杀了自家的一只鸡。

第三天,乡民政办高主任慰问孤寡老人。午饭,胡书记安排香群又杀了自家的一只鸡。

第四天,分管农业的副乡长,指导油菜生产。午饭,胡书记安排香群再杀了自家的一只鸡。

第五天……

半年过后,香群突然发现,她辛辛苦苦喂养的六十多只芦花鸡,终于全军覆没。

"不拿村里一针一线,不报吃喝一分一厘。"一夜之间,县乡两级政府,树立胡书记为"廉政自律"的先进典型。

于是，乡党委决定，在村里召开"全乡廉政建设工作现场会"。

会议好开，招待难办。胡书记一口唾沫一个钉，依然坚持"吃喝不报一分钱"的硬规定。

香群再也没有芦花鸡可杀了。

胡书记苦思冥想，蹲在自家门槛上抽闷烟。大黑狗和小黑狗围在他的身边转来转去。心烦，他有些讨厌它们的晃动。

发呆，许久。

胡书记深锁眉头，满脸无奈，咬紧牙关，只见他抄起一根长木棒，猛地抡向大黑狗，大黑狗嚎叫着，倒地；他继续疯狂地追赶着四处逃窜的小黑狗，猛地抡向小黑狗，小黑狗嚎叫着，倒地。

香群的脸，绷着；香群的心，疼着；香群的嘴，怨着："别人都说，一人得道，鸡犬升天。自从你当上这个破书记之后，鸡被杀完，狗被宰绝，难道这就是'鸡犬升天'？"

现场会开完，面对满地的狗骨头，胡书记毅然决然地，向乡党委递交了书面的辞职报告。

看门狗

小区的西门口，有一个叫"大狗"的保安，我也不知道他叫啥名字，只是经常听见其他保安这样叫他。后来听人说，"大狗"是他娘给取的小名，大狗出生的那个年代，农村里迷信一种说法：名字取得越贱越土，孩子就越顺越好。

大狗一幅贼眉鼠眼、尖嘴猴腮的样子,小区的居民没几个人待见他。

有一天下班的时候,正是大狗当班。李副市长的车,缓缓驶向小区大门。大狗老远就升起栏杆,从值班室一路小跑至栏杆边,当小车经过门口时,大狗毕恭毕敬,滑稽地行了个军礼。尽管小车渐行渐远,但大狗还是向着车屁股点头哈腰。

李副市长的小车刚过去没几分钟,一辆送纯净水的摩托驶到了大狗的跟前。骑摩托车的那个人灰头土脸。大狗迅速放下栏杆,如同交警般地拦住了摩托车,神情严肃,翻着白眼,明知故问:"干什么的?"送水的那个人没答话,有些反感,指了指车上的两桶纯净水。大狗竖起被烟头熏黄的食指,语气蛮横地说:"交一块钱。"送水的那个人无可奈何地丢下一枚硬币。

有一天,一个快递公司的小伙子被大狗堵在了值班室,说是不买三包白沙烟就不放人。小伙子和大狗闹纠纷,原来是因为三个邮包:第一次邮包有点大,小区的云柜面搁不进去,小伙子就找大狗商量,暂时存放在值班室,等业主自己来领。大狗的条件是一次一包白沙烟,小伙子敷衍着大狗:好说好说。第二次邮包比较大,小伙子还和大狗商量,大狗的条件不变,小伙子继续敷衍着大狗:再说再说。第三次邮包特别大,小伙子又找大狗商量,这回大狗发了狠话:事不过三,新账老账一起算,今天必须三包烟。小区门口围观的人,越来越多,有人拨了110,这事儿才得以平息。

有一天,小区的暴发户"大宝",牵了一条金贵的阿拉斯加犬在小区门口溜达,炫耀。据懂行的人透露:这条狗价值不菲,最少也要15万。大狗听说15万买一条狗,眼睛里放着绿光,急不可待地凑上去想摸一摸,恨不得将阿拉斯加抱在怀里。可惜"大宝"

狠狠地白了大狗一眼,碰也不让他碰一个手指头。尽管"大宝"不给大狗一丁点儿脸面,但大狗依然陪着难看的笑脸。那只阿拉斯加犬,盛气凌人地溜达来溜达去,大狗像侍候亲爹亲娘一样,不厌其烦地升栏杆,降栏杆。就在大家看热闹的时候,小区里的一只流浪狗突然向阿拉斯加犬奔过来。大狗见状,抄起随身佩戴的电棍,以迅雷不及掩耳之势击倒了流浪狗。"大宝"奖励了大狗一包"芙蓉王"烟。

庆幸的是:流浪狗命大,没死。对这只流浪狗,我顿生怜悯之心,经常喂它几根肉骨头或者肉包子,还给这只流浪的母狗,取了一个好听的名字,叫"花花"。狗通灵性,每次在小区碰到我的时候,如同见到亲人一般,兴奋地叫唤着,围在身边,摇头摆尾,好不亲热。只要我在小区散步,"花花"就会跟在我身后,形影不离。

有一天,我经过小区的西门口,"花花"紧随其后。保安大狗主动向我打招呼,话里话外有些套近乎:"唐总,您是一位有福气的人,俗话说,猫来穷狗来福,您看,这只流浪狗,总是喜欢跟着您。"

"是吗?狗改不了吃屎的本性。狗又不要钱,不抽烟,好养得很;大不了,你给它一些骨头、包子什么的,它就认你为主人。其实吧,有时候,狗也担当了和你大狗一样的职责——看家护院。古时候之所以称门卫叫'看家狗',就是这个来由。大狗,你说对不?"今天,我莫名其妙地演绎了一回指桑骂槐的角色。

大狗的脸色,蛮难看。

奥巴马

"奥巴马"不是美国总统，它是一只乳臭未干的小狗的名字。

儿子一直有个愿望，就是想养一只狗。前不久，老婆有个住在郊区的朋友听说咱儿子的想法后，就给咱家特意送来一只刚满月的小土狗。

小土狗的模样挺可爱，全身泥黑色，肉肉的，毛茸茸的，憨态可掬，特别是它那肥肥的屁股，走起路来左右晃动，蛮性感。

全家人都喜欢这只小狗。我提议大家给它取个名字。我和老婆想了很多很多，譬如"阿黑"、"宝宝"什么的，儿子都不满意。

刚好这个时候，电视里正播放美国在韩国部署"萨德"导弹防御系统的新闻，儿子兴奋地说："有了，就叫它奥巴马。"

虽然奥巴马挺可爱，但是它很不讲规矩。随时随地拉屎拉尿，鞋子、抹布什么的拖得满屋子都是。奥巴马还特别蛮横霸道，每天带它在小区溜达的时候，不管碰到大狗还是小狗，它都要凑上去撕咬一番。

我实在无法忍受奥巴马的陋习和蛮横，于是，趁儿子补习不在家，将奥巴马送给了一个大学同学，就在咱家小区的斜对面，不远，咱们两家的距离大概就在 1000 米左右。

儿子补习回来，发现奥巴马送人了，满嘴埋怨。

第二天傍晚，儿子在咱家电梯口惊喜地发现了奥巴马，它似乎正在想办法怎么爬上楼。

半个小时以后,同学惊慌地打电话给我:"奥巴马不见了,你帮我找找?"

"你不用找了,它又跑回咱家了。"其实我也正准备打电话告诉同学。

同学在电话里接着说:"这狗真有灵性,两个小区虽然离得不远,但毕竟要跨过一条街道,它是怎么找回家的呀?既然奥巴马都找回家了,我看它是认准了你这个主人,那还是你们家接着养吧,我就不操这份心啦。"

奥巴马还是那么可爱,也还是那么不讲规矩。

老婆有洁癖,最见不得奥巴马随地拉屎拉尿。昨天,奥巴马竟然咬坏了儿子新买的"耐克"鞋。于是,儿子、老婆、我,一致决定将奥巴马送到乡下去。再说农村的房子也宽敞,爸妈又喜欢养狗养猫。

周末,我开车带着奥巴马回到了离市区120多公里的老家。爸爸和妈妈轻轻地抚摸着奥巴马,喜欢得不得了。

这几天,就是送走奥巴马的这几天,儿子、老婆、我,心里空落落的,老惦记着这只可爱的小狗,就好像丢了什么东西似的,有一种莫名其妙的失落感。

咱们三个人,都觉得应该回趟老家看看奥巴马,瞧瞧它适不适应乡里的环境。

好不容易熬到周末,咱们一家三口急不可待地驱车探望奥巴马。就为一只小狗,我们专程回了趟父母家,这对于咱家来说,史无前例。

车刚停稳,奥巴马兴奋地扑上来,又叫又亲,如同老朋友团聚般的场景。

几天不见,奥巴马似乎长大了一点点,也许是情绪激动,它在院子里撒着欢儿地来回跑。

爸妈说，奥巴马还是那么可爱，也还是那么不讲规矩。

吃完中饭，告别父母，准备回城。儿子上车之前，叫了几声"奥巴马"，却不见踪影。母亲怕耽误咱们的时间："这会儿不知道疯跑到哪里去了，它兴许又找隔壁的'花儿'在玩。你们别等了，赶快走吧，路上注意安全啊。"

母亲说的"花儿"，是隔壁幺叔家养的一只母狗，浑身花白花白的，特别温顺。

车在乡间窄窄的水泥道上蜿蜒前行。年久失修，路面坑坑洼洼，颠簸得很。

"旺……旺旺……"车内，突然发出熟悉的狗叫声。儿子循着声音搜索，在我座位下面，那狭小的空隙中，摸到了毛茸茸的奥巴马。

"爸，奥巴马是怎么溜到车上的啊？"儿子惊奇地望着我。

"这真是奇了怪了，莫非奥巴马通人性，想坐车回城里的家？"老婆将奥巴马想得太有思想，太有智力。

"那肯定是我敞开四个车门的时候，奥巴马乘机爬进来的。"咱家这辆福特是新买的，今天阳光明媚，在老家院子里停车以后，我便将四个车门全部敞开，排放新车的塑料气味。

一路上，奥巴马很乖，没有拉屎，也没有拉尿。

从此，儿子、老婆、我，彻底打消了送走奥巴马的想法，奥巴马就这样成了咱家的正式一员。

爷孙俩

每每想起父亲的时候，耳畔就回响起儿时父亲常常对我唠叨的几句话：

第一句："一屋扫不净，何以扫天下。"

又一句："糟蹋一粒米，天上响惊雷。"

再一句："万般皆下品，惟有读书高。"

我也经常跟我儿子说这三句话，但他最不爱听，特别烦我，就如同当年我烦我爸一样。

1

这段时间，父亲的左眼睛不舒服，视觉有些模糊。

我开车接父亲到城里就医，父亲坚持说："无大碍，不用看医生。你忙你的去吧，不要担心我。"

"爸，眼睛是大事，不能大意，一定得看。再说，您的眼睛，如果真有什么问题的话，那我就得长期照顾您，这不是耽误我工作吗？有问题，马上治，治好了，我才安心上班嘛。"父亲拗不过我，还是进了城。

看得出来，父亲虽然嘴里那么说，但是心里还是愿意看医生的。

进城第一天，看完医生，问题不大。开了些消炎和软化血管的药,医生说坚持服用就会好起来。我爸听了医生的话,心情显得特别好,嚷嚷着要见他孙子。我对老爷子说:"爸,您孙子要等下晚自习以后才能回家来。不急嘛,好不容易来一次,您老就在城里多住几天,天天都可以看见您孙子。"晚上9:50,我儿子准时回家,高中的学习任务重,时间也抓得紧。爷孙俩半年没见面了,特别亲热。

2

第二天清早,我们一家还没起床,迷糊中,感觉父亲在客厅里扫地。父亲佝偻着背,拿着电梯口的那个专用扫把,仔细认真地打扫着每一寸地板。我老婆看见驼背的父亲用力地划拉那个扫把,满脸地不高兴:"爸,这个木地板,不能用那个扫把,您老还是歇着吧。"

我儿子,毕竟是孩子,也不管他爷爷高不高兴,说话有口无心:"爷爷,那个扫把是专门扫楼梯口的,木地板必须用吸尘器。你看看,好好的木地板上,都划了好几道伤痕。哎,大清早的,真是添堵。"

爷爷听着孙子的批评,着实不舒服:"我帮你们扫扫地,难道还有错吗?古人说'一屋扫不净,何以扫天下'。你也要学着天天扫地,从小事做起,将来才有大出息。孩子,你爸爸小时候,爷爷就教他如何扫地,所以,才有今天的好日子。"

我儿子,也接着和他爷爷理论:"爷爷,坚持扫地,这没错,可要看什么地,用什么扫把,您用的那个扫把,是扫楼梯口的,不能扫木地板。您看,木地板都划坏了几条印,这不是好心办坏事嘛。您那'一屋扫不净,何以扫天下'的大道理,早就听我爸说腻了,

049

花
痴

再说，这也已经很不适用现在的生活，我看，顶多和环卫工人说说还行。"

我爸虽然眼睛不太好使，但还是看得清木地板上新添的几道伤痕。父亲有些心疼，尴尬，沉默。看到父亲委屈而又内疚的神态，我眼前仿佛又重现儿时的情景：每天早上起床的第一件事，就是在父亲的监督下，我被迫地不情愿地扫地，一边扫地，一边听父亲那"一屋扫不净，何以扫天下"的家训。一遍没有扫干净，接着扫第二遍，直到父亲检查合格，才能让我放下扫把。

这些年，我一直坚持这个扫地的习惯，无论在家里还是办公室，事情虽小，道理蛮大。

3

第二天晚餐，儿子在家吃饭。老婆特意做了一满桌子菜，主要是为了犒赏这爷孙俩。老爷子难得进一趟城；儿子好不容易熬到周末，放了半天假。

爷孙俩，好像忘记了早上的不愉快，饭桌上有说有笑，难怪说是"隔辈亲"。

我往老爷子碗里不住地夹菜，老爷子又转手送给他宝贝孙子。

宝贝孙子突然有些不高兴了："爷爷，您只管自己吃就行，不要总往我碗里送菜。"

爷爷以为孙子是跟他讲客气，还赞不绝口："你看这孩子，就是有礼貌，多吃点，长身体。"一边唠叨着，一边继续帮孙子夹菜。

这回惹恼了宝贝孙子："不是说了吗？不要给别人夹菜，这种行为是最不卫生的行为。"

我那"零零"后的儿子,重重地将饭碗拍在餐桌上,力度有些过大,洒出了几粒白米饭。哪知,爷爷根本就不妥协:"不夹菜就不夹菜,好好说话,干吗浪费白米饭?你没听说过那句话,糟蹋……"

"'糟蹋一粒米,天上响惊雷',您不就想说这句话吗?您儿子天天跟我诵经呢,我爸真不愧是您亲儿子。"想不到我儿子,竟然这样说我和我爸。

老爷子气愤得无语,捡起孙子洒在桌上的饭粒,就往自个儿的嘴里塞。

我也无语……

记得我八岁的时候,有一天吃午饭,屋外突然响起锣鼓声,我端起饭碗,撒腿就往外跑。个头矮,门槛高,心又急,摔了一个大跟头,一碗红薯饭,洒得满地都是。

当时,我老爸气得脖子上青筋直蹦,狠狠地给了我两个大耳光:"破猴把戏,有什么稀奇可看?急,急些么哒。站好,你跟我把'糟蹋一粒米,天上响惊雷'背十遍。"

我一边哭哭啼啼,一边嗝嗝噎噎地背诵那句话:"糟蹋一粒米,天上响惊雷。"

"糟蹋一粒米,天上响惊雷。"

"糟蹋一粒米,天上响惊雷。"

……

我哭了好久,也许是疼痛,也许是害怕。脸上,那两个耳光印子,也留了好几天才醒过来。

其实,今天这事儿吧,从勤俭节约来讲,老爷子也蛮对;从讲卫生来说,我儿子也没错。

也许错就错在我这儿……

第三天，老爷子"命令"我，送他回乡下。我知道，老爷子还在生闷气。

我拿老爷子没辙。只好悄悄跟儿子说好话："儿子，快去哄哄你爷爷。他年纪大了，有些观念比较老套，咱们做晚辈的要理解，就算是对老人的一种孝顺吧。俗话说，老人老孩儿嘛，就当是一孩子，哄哄他，好不？"

我儿子还算开窍："行，我试试。"

"爷爷，昨天是我不对，我向您道歉，您就别生我气了啊。"

老爷子的脸色，好看多了，还是他孙儿的面子大。

儿子顺着杆儿往上爬："爷爷，听我爸爸说，您不是最喜欢唐诗三百首吗？咱俩玩个游戏，我背上句，您接下句。好不好？"

我儿子还真会投人所好，总算找准了他爷爷的兴趣点。

宝贝孙子背诵："红豆生南国，春来发几枝。"

老爷子接着说："愿君多采撷，此物最相思。"

孙儿："君自故乡来，应知故乡事。"

爷爷："来日绮窗前，寒梅著花未。"

……

打我记事起，我爸每天都要教我一首诗。那时候，我爸在村小学当民办老师，也算是当地的一个文化人。每天必须学会一首新诗，如果背不了的话，老爸就以"不给饭吃"来威胁我。那时候，不知道也不理解这些诗的内涵，纯粹就是死记硬背，为了不饿肚子，完成任务而已。

现在回想起来，我在文字上有所研究，还真搭帮小时候背诵的几百首诗,也可以说,是我这辈子最大的一笔财富。

正当我沉浸在童年的回忆时,突然,儿子提高嗓门,对他爷爷故作神秘地说:"爷爷,我这次再背一句'诗',您肯定答不上来。"

"你说,我就不相信,你个屁孩儿能难倒爷爷。"老爷子自信地带有一丝挑战。

"爷爷,您听好啦,'万般皆下品',下句是什么啊?"

爷爷脱口而出:"惟有读书高。"

"爷爷万岁。"

"你个兔崽子,居然敢戏弄爷爷,这可不是唐诗哟,这是宋代的《神童诗》,肯定是你爸告诉你的吧。爷爷从小就教育你爸,天大地大,读书最大。你也要一样啊。"

"万般皆下品,惟有读书高。"爷孙俩,异口同声地乐呵着。

这回,老爷子在城里破天荒地住了一个星期。

光头唐

"光头唐",是同事们暗地里给唐经理取的绰号。

其实吧,当着唐经理的面,也从来没人叫过"光头唐"。可能是他过早秃顶的缘故,四十多岁,光光的脑袋,长得比较仓促,哥儿们干脆叫他"老唐";他曾经在县公司当过一把手,也有些人叫他"唐总";大多数员工,叫他现在的职称"唐经理";关系特别要好的,还开玩笑叫他"唐厅长",缘由是唐经理分管市公司营业大厅。

"光头唐"整天笑呵呵的,为人亲和,办事利落,不抽烟,不打牌,最大的爱好就是写点小文章,可以说算得上一个好男人。在同事们的印象中,"光头唐"每天都是第一个上班,这些年,一直这样坚持。每天清早7点,"光头唐"准时来到办公室,风雨无阻。虽然他是营业大厅的分管经理,但是,他从不指手画脚,事无巨细,亲力亲为。

每天提前1个小时上班,"光头唐"主动去做很多本来不属于他,或者说他完全可以不做的事情。譬如开门开灯,提水烧水,拖地抹桌,刷新电子屏,启动叫号机,调好所有空调的温度……只要是正常的工作日,天天如此。

有一天,综合岗的杨虹找到"光头唐",试探地问:领导,您天天上班这么早,帮我在门卫收一下报纸、信件和包裹,好不好?

"光头唐"爽快地答应了。于是,他每天早上又多了一项职责:分发报纸和信件,还要将包裹什么的送到各个办公室,送到每个员工的办公桌上。

有一天,大厅的主管小罗找到"光头唐",试探地问:领导,您天天上班这么早,帮我开开营业大厅的铁门,行不行? 免得早到的员工老站在外面等我。

"光头唐"爽快地答应了。于是,他每天早上又多了一项职责:早早地找钥匙开铁门。

有一天,行政岗的赵欣找到"光头唐",试探地问:领导,您天天上班这么早,能不能帮我保管每天的考勤表? 免得我楼上楼下地来回跑。

"光头唐"爽快地答应了。于是,他每天早上又多了一项职责:在员工早会之前,准备好考勤表;早会以后,再将考勤表放回办公室。

有一天,秘书岗的秦晴找到"光头唐",试探地问:领导,您文章写得好,帮我修改修改这几个材料?

"光头唐"爽快地答应了。开始,仅仅是帮秦秘书私人的忙,改一改领导急需或者重要的材料。时间一长,单位的领导居然绕过秦秘书,直接使唤"光头唐",今天整材料,明天写报告。

有一天……

"光头唐"有求必应,只要力所能及。

单位的领导表扬"光头唐":是个得力的好干将。

部门的员工称赞"光头唐":是个称职的好经理。

"光头唐"终于累坏了,病倒了。那天,破天荒地旷了工。

8点上班的时候,大家牢骚满腹。

小罗埋怨地说:唐经理怎么不开营业大厅的铁门啦?

杨虹气愤地说:唐经理怎么报纸不分,信件不发,包裹不送啊?

赵欣指责地说:唐经理怎么不准备好考勤表? 害得我楼上楼下地跑。

秦晴委屈地说:唐经理写的材料还没弄好啊? 领导们都催了好几遍。

员工们拿着空空的茶杯,最后竟然引起了公愤:"光头唐"当的这是啥经理? 开水不烧了,地也不拖了,桌也不抹了。

单位领导催着秦秘书要材料,秦秘书居然委屈地向领导告状:都是这个"光头唐"不负责任,他昨晚没弄好材料,这也不能怪我啊。

单位领导也无可奈何地随声附和:这个"光头唐"啊,也真是的,实在有点不靠谱。

妹 陀

妹陀是俺的亲妹妹,小时候长得胖胖的,黑黑的,见人就笑。笑的时候,脸蛋上的两坨肉肉,好让人担心掉下来。本来老爸已经给妹妹取好了"娅娅"的乳名,可村里人说妹妹可爱得像个小陀螺,乡亲们的意愿不可违,"妹陀"就这样叫开了。

妹陀小时候就是个"痴呆傻"。

1

俺上小学的时候,妹陀还没进幼儿园。那年,老妈请了一个剃头匠,帮妹陀剃了个亮闪闪的光头。听老妈说:妹陀四五岁了,还是个黄毛丫头,头发又稀又黄。村里的老人传授了秘方,说是连续剃几个光头,就会长出浓密黝黑的头发。

那天,妹陀光着头,怀里紧紧地抱着毛巾裹着的饭钵子。

中午,学校门口,妹陀给俺送中饭。

俺小学时的班主任最喜欢拖堂,隔壁班的"二宝"帮俺接过妹陀的饭钵子。妹陀不放心地说:"二宝哥,你跟俺哥和他的同学们好好说说,就说是他弟弟不是他妹妹送的饭,一定要说是弟弟送的啊。"

放学以后,俺问妹陀:"为啥要说是弟弟送的饭?"

妹陀一本正经地说:"俺光着个头,要说是妹妹的话,那不跟哥哥丢大丑了？"

妹陀憨憨地笑，真是个痴丫头。

2

暑假里的一天，大人们都去田里搞"双抢"了，俺在猪圈里剁猪草。妹陀穿了一条丝质的新裙子，高兴得满屋子跑过去跑过来。这是老妈攒了半年的鸡蛋换的钱，专门上街给妹陀买的裙子，这是妹陀梦寐以求的一条裙子。

看着妹陀那天真无邪的笑脸，俺走了神，锋利的猪草刀切破了俺的大拇指，殷红的鲜血直往外冒，疼的俺大喊大叫。

俺那时候六神无主，只知道向妹陀求救："快点来，妹陀，哥要死了……"

妹陀吓得哭了起来。突然，妹陀抹了抹眼泪，钻进灶门口，抓了一把黑漆漆的锅灰，猛地投在俺那切破的大拇指上。妹陀又在墙角弄了些蜘蛛丝缠在锅灰上面。然后，妹陀拿来老妈的剪刀，毫不犹豫地在她新裙子的边边上剪了一条丝带子，小心翼翼地像个郎中般包扎伤口。

俺问妹陀："你咋知道锅灰和蜘蛛丝能止血？"

"俺见过妈妈以前这么弄过伤口。"妹陀憨憨地说。

老妈问妹陀："你咋就舍得剪掉才买的新裙子？"

"俺就想帮帮俺哥。"

妹陀憨憨地笑，真是个呆丫头。

妹陀从小学到初中，各科成绩都排在年级前三名，老师们说，这丫头肯定能考上县里的重点高中。

那年，俺参加高考，妹陀参加中考。

这可急坏了老妈，家里已经债台高筑。

暑假，考试成绩出来了：俺考上了常德师专。出乎意料的是，妹陀居然有三科没有及格。

俺对妹陀的成绩不敢相信，老师也不信，同学们更不信，只有妹陀自己相信这是真的。

俺找到妹陀的班主任，专门跑了一趟县教育局，查了妹陀的考试卷子。那三科没及格的卷子上面只做了一半答案，剩下的一半题目全部是空白。

俺似乎有些明白了，回到家里追问妹陀："为啥那三科只做了一半题目？"

妹陀的眼泪哗哗地流："俺家都揭不开锅了，哪有钱供俺上学？"

俺冲着妹陀第一次发那么大的火："你就是个傻蛋，你不是俺妹，俺看不起你。"

老爸轻言细语地问妹陀："这到底是为啥？"

妹陀擦干眼泪说："俺就想帮帮俺哥。"

俺的眼泪哗哗地流。

妹陀憨憨地笑，真是个傻丫头。

中 秋

"中秋"，是俺的老爸，也是俺的老师，还是俺的老兄。

1

老爸出生在新中国成立的那一年中秋节，爷爷便借了满地月光的灵感，不假思索地赐予老爸"中秋"这个名字。

老爸遗传了爷爷的基因，算是村里的文化人。他从小爱吹竹笛，那首《姑苏行》的昆曲小调，悠扬婉转，仿佛让人沉浸在一幅幅楼台亭阁、小桥流水的画面中；那首《喜相逢》的蒙古民乐，高潮迭起，如同让人陶醉在一出出久别重逢、衣锦还乡的台戏里。

那时节，村里人穷得叮当响。农闲，后生们每天挑着一担柴火赶集，蹲在街道旁吆喝着，一天到晚换来皱巴巴的三毛钱。老爸却不一样，边卖柴火边吹笛子，还有绝活儿，笛子不用嘴吹，用鼻子吹。围观的人有鼓掌叫好的，有丢分分钱的。一天下来，老爸的兜里少不了五六个毛角子。

然后，老爸从兜里抽出一毛，最多两毛，总要买给俺一根油饺条或者一个肉包子。那香味儿，就是一个流口水的美。

2

老爸自个儿爱读书，从小就教俺写毛笔字，背古诗词，成天在耳边唠叨"万般皆下品，惟有读书高"。每年过春节的时候，村里家家户户写对联的活儿，老爸一股脑儿地帮俺揽下了。寒冬腊月，写对联是件苦差事，北风呼啸，冰天雪地，手冻僵，腿打战。字没写好，重新返工，直到老爸满意为止。最为烦恼的是天天背唐诗："游子吟，孟郊。慈母手中线，游子身上衣。临行密密缝，意恐迟迟归。谁言寸草心，报得三春晖。"背不了就不给饭吃。小时候，根本就弄不懂这些诗词的内容，为了肚子不挨饿，只能死记硬背。

高中毕业，俺考上了常德师专。家里穷，老妈死活不让俺上大学："你爸读了一辈子的书，还不是栽田拱土，读书又不能当饭吃，你读高中欠的债还没还完，妹陀还在读初中呢。"眼看就要开学，俺是闷着急。老爸悄悄跟俺说："莫急，车到山前必有路。"那年 8 月 30 日，老妈惊恐地发现老爸半夜失踪了，全村人寻找老爸。天黑的时候，老爸自个儿回了家。在老妈地一再"审问"下，老爸才如实招来："俺卖了咱家的牛，八百块，刚好当学费。"老妈气得快晕倒："牛是家里的命，没了牛咋耕田种地，还让不让人活啊？"

3

那天，老爸欢天喜地送俺上师专，特意换上了他最喜欢，平时也最舍不得穿的长褂呢子大衣，听老妈说，这是老爸结婚时穿的衣服。

路上,老爸带着俺径直走进了一家裁缝铺,他果断地脱下呢子大衣,恳求裁缝师傅按照俺的尺寸改做一件西装,俺没阻止住,也阻止不住老爸的这个重大决定。两个小时以后,一件笔挺的西服套在了俺的身上,俺的泪水忍不住在眼眶里打圈圈。

老爸穿上了俺那件旧得发白的上衣,显然有些小,紧紧地绷在身上,就如同一只耍着把戏的猴子。

俺酸楚地说:"爸,俺的衣服太小,您还是莫穿了。"

老爸似乎蛮高兴也蛮幸福:"莫事喽,俺的尼子你穿,你的上衣俺穿,俺俩是兄弟呢。佛语说'前世的兄弟,今生的父子'嘛。"

进了城,过了三岔路口,就到了学校。

离校门还有几百米远的地方。老爸拉住俺说:"俺就不进去了,你自个儿去报到,俺先去街上买点东西,大概要过两个钟头,你再出来啊,还在这里碰俺。"

其实,俺心里明镜似的,老爸不进校门那是他用心良苦:他是怕丢俺的丑,不想让俺在同学们的面前难堪。

俺办完报到手续以后,就回到校门口静静地等候老爸。

许久,老爸才气喘吁吁地提着大包小包出现在俺面前:有日常用品,有本子有笔,还有几瓶橘子罐头。

老爸的脸色苍白如纸。

老爸不舍地往车站方向挪动,不住地回过头来向俺挥手。

晚上,俺在整理那几个大包小包的时候,突然发现一页白色的纸片:验血证明……

俺写信埋怨老爸:再不济也莫卖血……

中秋节那天,收到了老爸的回信:"前世的兄弟,今生的父子",谁叫俺俩是兄弟呢?天大地大读书最大,好好读啊,俺盼着

花痴

你呢……

那年中秋节的夜晚，桂花香得醉人，月亮圆得迷人。

俺不晓得

俺小时候有个口头禅：俺不晓得。

现在回老家看望父母时，村里的长辈们还常跟俺开玩笑："俺不晓得"回来了。

那年冬天，妹陀出生在一个银装素裹的日子里。妹陀是俺妹妹的小名，俺比妹陀大五岁。

大人们每天要忙农活，穷人的孩子早懂事，俺就挑起了看管妹陀的重要担子，尽管俺自个儿也还是个小屁孩。

第二年夏天，大人们都在田里"双抢"，俺在屋里帮妹陀当"保姆"。天天待在家里，闷得慌。虽然外面是六月流火，但俺就想溜到晒场旁边的那颗大槐树下去乘凉，还可以抓"知了"。

躺在摇篮里的妹陀特别精，俺守在屋里的时候，她就望着俺笑嘻嘻的，只要俺溜出去一小会儿，她就使出吃奶的劲发飙地哭。

俺想了个办法，慢慢挪动摇篮，挪了这头再挪那头，呈"之"字形拐过去拐过来。虽然挪动的速度有些慢，但看到摇篮挪出屋的希望越来越大。可是，挪着挪着就遇到了一个大障碍，堂屋的那个石门槛足足有一尺来高。急中生智，俺找了一块长木板，先从屋里将长木板斜搭在石门槛上，待摇篮挪到石门槛中间的时候,慢慢将长木板的另一头向屋外轻轻地放下,然后,摇篮顺着长木板轻松地滑到了屋外。俺现在想起来,也算是小时候跷跷板没白玩。

眼看摇篮就快挪到大槐树下,老天爷和俺开了一个天大的玩笑:六月的天,孩子的脸,说变就变,电闪雷鸣,倾盆大雨。

妹陀惊恐地哭,哭得快喘不过气来。

俺用自个儿的小身躯替妹陀遮挡着雨水。

妹陀哭,俺也哭,妹陀哭的声音大,俺比妹陀的声音更大。

后来,俺娘笑着问:"你咋哭了?"

"俺不晓得。"俺傻傻地回答。

娘又问:"你是帮着妹陀哭?"

"俺不晓得。"俺傻傻地回答。

娘再问:"哪有哭还帮忙的?"

"俺不晓得。"俺傻傻地回答。

第三年夏天,俺背着妹陀在村子里玩耍。又是一阵突如其来的暴风雨,俺只好就近拐进陈太婆的堂屋里,一起玩耍的伙伴也跟着鱼贯而入。

陈太婆的堂屋里挤满了小屁孩,地上全是从屋外带进来的黄泥巴。陈太婆是村里最爱讲究的老女人,于是,毫不留情地撵出了俺这群不懂事的孩子。

从此,俺在心里就恨上了陈太婆。

秋天,俺出疹子,高烧不退,不吃不喝。

娘心疼地问:"波儿,想吃点啥?"

"俺想吃瓠子瓜炖仔鸡。"瓠子瓜就是俺老家种的西葫芦。

"仔鸡是有一只,可这个时节哪里还有瓠子瓜?"娘着实为难。

老爸说："莫急，俺去找找看。"

功夫不负有心人，还真让老爸找到了一个小小的瓠子瓜。

瓠子瓜炖仔鸡的香味诱人，俺迫不及待地想吃上一口："爸，这瓠子瓜是哪儿弄来的？"

"全村子都找遍了，就陈太婆的菜园里还有这么一个小瓠子瓜。"老爸如实说。

瞬间，俺停住了快送到嘴边的筷子："什么？陈太婆家的？俺不吃了，不吃了。"

娘笑着问："咋说不吃就不吃了？"

"俺不晓得。"俺傻傻地回答。

娘又问："还在记恨陈太婆？"

"俺不晓得。"俺傻傻地回答。

娘再问："就是置陈太婆的气，也不能撒在瓠子瓜上？"

"俺不晓得。"俺傻傻地回答。

三　姐

三姐有兄弟姐妹八个，在家排行老三。那时候，孩子多，爹妈懒得费神，就取名"三姐"。

年少的三姐，漂亮大方，能歌善舞，是公社文艺宣传队的台柱子。那时候，日子虽然过得清贫，但心情绝对阳光。

1

三姐结了婚,生了孩子。

三姐命苦,这孩子给她带来了忧郁和苦难。从此,再也没有看见三姐阳光般的笑脸。

孩子没满月,三天两头四肢抽筋,嘴吐白沫。

那时候,三姐家的屋门口,正在修建枝柳铁路。托了熟人,请来了铁路上的随队医生,孩子诊断为"先天性癫痫"。医生留下了一小勺药剂,反复叮嘱必须分两餐服用。孩子他爹,心急,手一哆嗦,这一小勺药剂,全喂给了孩子。据说,这种药剂含有大量的黄连成分。

后来,这孩子就成了哑巴,弱智。村里人背地里叫这孩子"痴呆傻"。

三姐给这孩子取了个祈盼的名字"平安"。

2

平安自个儿不会吃饭,三姐一日就喂他三餐;平安自个儿不会走路,三姐就天天背着他干农活儿。

晚上,平安自个儿不知道起夜,大便小便全屙在床上。第二天清早,三姐背着脏臭恶心的铺盖,在堰塘里一遍一遍地清洗。夏天还好受一些,可到了冬天,寒风凛冽,冰水刺骨,三姐的手冻红,冻僵,裂口,流血。

这些苦,对于三姐来说都不算啥。最难受的是,人言可畏:这孩子是三姐"前世"造的冤孽,这孩子是他爹今生种的苦果。

三姐费尽心血呵护着平安。天道酬勤，三姐搀扶着平安的手，平安一瘸一跛，慢慢学会了"走路"。

平安蹒跚着，向着有孩子玩耍的地方靠拢，大小孩子都欺负他，打骂他。三姐只能心疼地哭。

平安时常摔倒在地，掉进水沟，浑身伤痕累累。三姐只能心疼地哭。

平安还被毒蛇和野狗咬过，有一回，险些丢了性命。三姐只能心疼地哭。

三姐为平安哭瞎了一只眼睛。

3

那天，三姐和平安他爹忙着"双抢"。平安就跟在一群孩子的后头，左瘸，右跛，玩耍。三姐从田里收工回来，发现平安不见了。全村人打着火把，挨村挨队地寻，满山满岭地找，始终没有发现平安的踪影。

三姐天天喊平安，日日唤平安。三姐带着干粮，背着棉被，寻遍一个村落又一个村落。三姐的田地荒了，庄稼死了，房屋也垮了。

三姐疯了。疯疯癫癫的三姐，嘴里重复着一句话：平安，回来。平安，回来……

一个月以后，平安真的回来了。有人说：平安是被人贩子悄悄送回来的，平安让人贩子费了神，为了难，一直找不到买主。

平安回了家，三姐不再疯癫。

平安自个儿还是不会吃饭，三姐一日就喂他三餐；平安，自个儿还是不知道起夜，大便小便全屙在床上，三姐每天依然背着脏臭恶心的铺盖，在堰塘里一遍一遍地清洗。

寒冬酷暑，年复一年。

平安25岁那年的夏天，四肢抽筋，口吐白沫。这次的"癫痫"发病，比以往任何一回都厉害。脸，抽变了形；嘴，也扭曲到了后颈窝。平安在痛苦地喘完最后一口气之前，奇迹般地冒出了两个字：麻……麻。老家的方言，"麻麻"就是"妈妈"。

平安死了，村里人四处传扬：哑巴终于说话了。

平安死了，三姐却异常的平静。这回，没有哭坏眼睛，也没有疯疯癫癫。三姐在平安的坟头自言自语：儿呀，你走在俺的前面，总算解脱了。你解脱，俺也解脱。

对了，还有一句最重要的话，差点忘了说：苦命的三姐就是俺的亲娘，"痴呆傻"的平安就是俺的亲哥哥。

打折大王

听说，"二宝"现在混得人模狗样，呼风唤雨，无所不能，无所不及。凡是认识和接触过"二宝"的人，都把他夸得天花乱坠，神乎其神，说是在全市范围内，只要报"二宝"的名号，什么都能打折。没有见到"二宝"本人的时候，我一笑而过，怀疑大于相信，全当就是个民间传说。

那天同学聚会的时候，"二宝"自然成了核心人物。"二宝"脸上满面春风，外形玉树临风，走路步履如风，从头发到皮鞋，油光铮亮；说话铿锵有力，落地有声，风趣有味，无论是语速还是逻辑，恰到好处，严谨有序。总之，"二宝"有暴发商户的外表，又兼备了儒雅文人的内涵。

吃饭之前，一群女生围着"二宝"索要名片。当年的班花吴海燕主动帮忙，一边散发名片，一边如数家珍："来来来，打折大王的名片，一人一张，男人吃饭喝酒打折，开房搓麻打折；女人逛店买衣打折，美容健身打折；年轻人书店影城打折，游戏娱乐打折；老人买药就医打折，外出旅游打折；老板买房买车打折；情人买花送戒打折……"

我满不在乎地，用余光扫了一眼吴海燕递过来的名片。正面三行字：第一行是"资源共享创业人"；第二行是烫金的"郭鹏飞"，就是"二宝"的真名；第三行是手机号码和邮箱。你还别说，这张名片设计精美，与众不同，低调奢华，不显山不露水。我开始饶有兴趣地打量起这张名片来。名片背面印着密密麻麻的小字，制作也比较考究：分"衣食住行财娱它"七行排列，每行后面都有一个链接网址。

三个女人一台戏，一点不假。

吴海燕帮着"二宝"发名片，这还没弄完，另外几个女同学就开始叽叽喳喳，大包房里瞬间热闹起来。

张玉兰竖起了大拇指："我要为郭总点赞。前几天，我在步行街买衣服，用郭总的名号打了八折，省了我三百多块呢。为了表示对郭总的真诚感谢，我就深情地拥抱拥抱咱们的打折大王吧。"

"好好好,抱紧点,亲热点……"一帮男同学跟着起哄。

"郭总就是神。昨天,我在'清水湖度假村'宴请大客户,吃饭、住宿、唱歌一条龙,全部 7.5 折。"搞医药用品销售的李艳艳,眉飞色舞地夸着"二宝"。

不等李艳艳说完,一帮男同学又开始瞎闹:"艳艳,拥抱郭总,拥抱、拥抱……"

同学中的"富婆"余晓虹,也终于按捺不住自己的激情:"各位亲,打点折,算什么喽,现在的郭总可不是过去的'二宝',人家别墅都换了三套,小车买了三辆,大奔、宝马、凯迪拉克每天换着开,每周都去打高尔夫球。咱是比不上郭总了,哎,人比人气死人。"

我有些不屑一顾地对着余晓虹开了一句玩笑:"晓虹同学,今天回家以后,你最好就把老公休了,明天嫁给我们郭总,大家说,好不好?"

"要的,蛮好,就这么办……"一帮男同学随声附和,唯恐天下不乱。

那天晚上的聚会,同学们都玩得蛮嗨。那种气氛,也感染了一向比较冷静的我。

第三天,我舅佬(老婆的弟弟)说是看中了一套商品房,想邀请我们去帮他参谋参谋。那套房子各方面的条件还真不错,唯一就是价格比较贵。

我老婆突然好像想起什么:"老公,你不是说前天聚会,有一个什么打折大王的同学吗?联系联系,看看有什么办法没?"

我有些犹豫地打通了"二宝"的电话,"二宝"爽快地答应没问题。过了几分钟,售楼处走出一位主管模样的美女:"你们是郭总的朋友吧？郭总说了，你们这套房子在总价上优惠3万元，请跟我来办手续吧。"

士别三日，当刮目相看。"二宝"，其实和我是同村的发小。他有个孪生兄弟，爹妈生下他们这对双胞胎的时候，哥哥取名叫"大宝"，他就叫"二宝"。在我印象中的"二宝"，小时候就是个顽皮鬼。读书的时候，班上只要有他在，同学们不用担心自己排到最后一名。"二宝"不是不聪明，而是读书不用心。其实，"二宝"除了顽皮还是蛮机灵的。后来吧，听说"二宝"一直在社会上混天度日，无所事事。

说心里话，以前我是有些瞧不起"二宝"的。通过上次同学聚会和这次买房打折的亲身体验，现在我心里有点佩服"二宝"了。

又过了三天，"二宝"恳求我帮他写一篇毕业论文，原来是"二宝"想在广播电视大学混一张文凭。我还真没想到，这社会就是怪得很，连"二宝"这种人都想要过过上大学的瘾。

那天，"二宝"请我喝的是五粮液。酒过三巡，"二宝"的话也就自然多了不少。

我疑惑地问："二宝啊，不是，郭总，我请教你一个问题啊。"

"别叫我郭总，还是喊我'二宝'亲热。啥问题，你说呗。""二宝"一脸通红，可能是酒精在开始发挥作用。

"就是吧，我老弄不明白，报你的名号，怎么在哪儿都能打折呢？"

"你是文人，在你面前我就是班门弄斧。老兄啊，这些年，我琢磨出几句非常实用的话。你刚才问我，为什么在哪儿都能打折，一句话回答你，'共享就是共创'。""二宝"的这句话，弄得我一头雾水。

"那我就说道说道，凡是知名度大一点的商家，我便主动拜访磋商,提前和这些商家签订团购合约。你报了我的名号,其实你就成了我的团购会员。既然是团购行为,那自然就要享受优惠。商家和我双赢,就这么简单。"

我使力地拍了一下自己的大腿,原来如此,这就叫"拉客上门"。

"老兄,你不要这么惊讶。我知道,你要问的第二个问题,这几年,我是怎么赚的钱?""二宝"说到我心坎上了,只是我不好意思说出口而已。

"二宝"自个儿接着说道:"还是一句话回答你,'打折就是创富'。每个商家每个月根据团购客户的消费额度,按照合约的返点标准,他们会自动提成,月底打到我的银行卡上。"

我使力地再拍了一下自己的大腿,原来如此,这就叫"坐收渔利"。

"'二宝',我还是有一点不明白,就算你再有钱,也没必要换三栋别墅,买三辆车,这是不是有些过于张扬?"酒是个好东西,几杯下肚,让人口无遮拦。

"老兄,还是一句话的事,'商道就是人道'。其实,我不断更换高档别墅也好,坚持打高尔夫球也罢,就是为了认识和结交更多的大客户资源。我利用这些资源,帮保险公司推介保险,替银行招揽存款,为证券公司销售基金。每一笔业务,我都可以提取比较可观的佣金,这些大客户,其实就是我取之不竭的财富。"

我使力地又拍了一下自己的大腿,原来如此,这就叫"赚取人脉"。

"二宝"已经不是当年的小调皮鬼,郭总才是如今富有营销头脑的打折大王。

临走的时候,打折大王说了一句话,让我回味无穷:"你让别人得到实惠,就是在为自己创造财富,人生本来就是一场打折的游戏。"

发红包

　　春节前二十几天,财务科长颜立突感身体不适,经专家诊断为间质性肺炎。虽历经几家医院,辗转救治,但仍无力回天,腊月二十四下午两点,撒手人寰。颜立年轻的生命,刚刚滑过四十四个音符,天妒英才,叫人不敢置信,令人痛心不已。

　　副科长朱林极尽全力地帮着料理颜立科长的后事。虽然有些悲痛有些累,但他的内心还是掩饰不住那一丝说不清道不明的庆幸。科长没了,副科长扶正,这是顺理成章的事情。朱林努力地克制着,自己的这点小心思,尽量不想也不能让局里的领导和同事们看出什么端倪。

　　就在朱林刻意调整情绪的那一瞬间,一把手彭局长悄无声息地从身后不轻不重地拍了拍他的肩膀,说了一句莫名其妙而又意味深长的话:"小朱,要把心思好好用在工作上啊。"

　　朱林吓出一身冷汗,不知所措。

　　春节放假前一天,朱林麻着胆子挪进局长办公室,慌乱地塞给一脸和蔼的彭局长 5000 元红包。

　　彭局长微笑着,恰到好处地回绝了朱林那不厚也不薄的红包,还是那句话:"小朱,要把心思好好用在工作上啊。"

　　朱林如同犯人般地逃离了彭局长的办公室,心里七上八下,忐忑不安："局长拒收我的红包,肯定是科长有了新的人选,这该咋办呢?"

晚上回到家里,朱林依然一脸苦恼。客厅的沙发上,老婆故意用她丰满的胸部,摩挲着撩拨着朱林,他却像个木头人无动于衷,呆如木鸡,一点回应也没有。

"老公,没事儿,我有办法,你先抱抱我嘛,这事包在我身上啊。"朱林的老婆一边撒着娇,风情万种;一边满脸自信而又轻描淡写地说,她绝对能帮老公排忧解难。

"亲爱的老婆,你有什么办法?快说来听听。"朱林就像抓住了一根救命稻草。

老婆望着可怜兮兮的朱林,故弄玄虚:"把你的手机交给我,彭局长的手机号码是多少?"

一脸茫然的朱林,傻乎乎地问她老婆:"你不会是要打电话求彭局长吧?"

"只有你才这么'二'。告诉你,现在用你的手机,建立一个微信群,这个群就叫'渴望成长的人',先将彭局长的微信拉进来,然后,将我和两个妹妹也拉为成员。"朱林的老婆一边解说一边操作。

微信群"渴望成长的人",很快就建好了。朱林的老婆又打通了两个妹妹的电话:"妹呀,你姐夫临时建了一个群,就是想通过发红包的形式,给他们局长意思意思。你们两个配合一下啊,只要做好两件事就行。当你姐夫每次发拼手气红包的时候,一定要等彭局长开抢以后,你们才能抢,抢到的钱要如数发私包返回你姐夫。好妹妹,拜托拜托,一定要记住啊。"

朱林在他老婆的授意下,在"渴望成长的人"这个微信群里,用他一直颤抖地手指,发出了第一个200元的拼手气红包。果然不出所料,彭局长第一个抢到了88元。两口子反复打开"看看大家的手气",确定彭局长已经掉进他们精心设计的"陷阱",他们欣喜若狂。

朱林两夫妻,每天从早到晚,两眼死死地盯着手机屏幕,红包发个不停,每次4个包,金额200元。朱林专门负责在群里发红包,老婆逐笔记录彭局长抢到的金额,分工合作,两个人忙得不亦乐乎。整整一个春节,总算让彭局长抢满了5000元的红包。悬在朱林心里的一块大石头,这才落下地来。

天道酬勤,有付出就有回报。春节上班第三天,彭局长就在全体干部会上,宣布了朱林副科长晋升科长的任命。

当天晚上,朱林两口子早早地就上了床,朱林使出吃奶的劲,"狠狠"地报答她丰满又风韵的老婆。

就在两个人好一番云雨过后,正当沉浸于"幸福来得太突然"的时候,朱林的微信清脆地响了两声。

朱林侧眼一看,正是彭局长发来的微信,潜意识地闪电般地从床头柜上拿起手机。朱林划开第一条微信,是一个"转账红包",金额整整5000元;划开第二条微信,是彭局长发来的一句话:"小朱,要把心思好好用在工作上啊。"

朱林两口子裸着的身子不由自主地缩进了棉被里,两张幸福的脸上,突然变得一阵惊诧……

东施效颦

最近，东北饺子馆的隔壁，新开了一家千里香馄饨店。生意兴隆，这两天居然排起了长队。相比之下，东北饺子馆门庭冷落，有时候半天无人问津。

有人说，饺子馆和馄饨店，吃食不相同，生意各做各，按说是互不影响。可实际上是多元经营，东北饺子馆主营饺子，兼卖馄饨；千里香馄饨店主营馄饨，兼卖饺子。

有人说，千里香的老板娘春香，漂亮如西施，一笑一颦，勾人心魂，秀色可餐，食欲大增。可东北饺子馆的老板娘秋妹，也青春靓丽，有模有样，细腰肥臀，人见人爱呀！为啥两家生意冰火两重天呢？

秋妹急得嘴唇上火，天天暗地里和春香较劲。春香今天怎么穿着打扮，秋妹明天保准一模一样；春香咋吆喝上一句，秋妹就重复下一句；春香十点关门，秋妹半夜打烊。

瞎子点灯，白费。半个月下来，光景如旧，春香那边人头挤挤，秋妹这里生意萧条。

晚上，秋妹鼓起勇气，提着礼品，敲开了春香家的门。

秋妹虚心请教，春香传经授宝：免费请客，免费上网，免费派送。

秋妹有些懵，没太弄明白。春香耐心解释：免费请客，就是开业的时候，将自家的亲朋好友接过来，免费吃馄饨，可以涨高人气;免费上网,就是开通WiFi,特别是年轻人喜欢蹭网,可以招来人气;免费派送,就是给客户赠送一个鸡蛋,可以留住人气。

秋香如获至宝,一一照办。

立马邀请了亲朋好友。

立马开通了无线网。

立马发布了免费送鸡蛋的信息。

可是,秋香的烦恼接踵而至。

人气虽然上来了,但是每天白吃白喝的多,真正消费的客人少。

网络虽然畅通,但是客人就是不用。

鸡蛋虽然送出不少,但是成本日渐提高。

晚上,秋妹鼓起勇气,提着礼品,再次敲开了春香家的门。

春香听完秋妹的诉说,毫无保留地支招:咱家给亲朋好友每人发了一张免费券,说白了,每个人只能免费捧一次场;你们家没发券,意味着可以天天蹭吃蹭喝。咱家的WiFi是开放式的,客人进店,自动链接上网;你们家设置了密码,客人当然嫌麻烦。咱家只对一次性或累计消费三碗的客户,赠送一个鸡蛋;你们家见人就送,自然会亏本。

秋香如获至宝,一一照办。

瞎子点灯,白费。又是半个月下来,光景如旧,春香那边依然人头攒动,秋妹这里仍旧生意萧条。

晚上,秋妹鼓起勇气,提着礼品,又一次敲开了春香家的门。

春香听完秋妹的诉说,无可奈何地摇摇头:妹子,你也莫怪俺,这可能就是"习惯",俺听人说,客人的消费是有习惯的。

秋妹张大嘴巴,无话可说……

白喜事

"喂喂,是波子吧? 八爷昨晚过世了,村里想请你回来一趟,咱一起将八爷送上山,你们城里的几个娃一定要回来啊……"幺叔在电话里大声嚷嚷着, 幺叔耳朵有些聋, 说话老怕别人听不见。

"波子"是我的乳名,幺叔一直这么叫我。幺叔是我的远房叔叔,也是村里的支书。

八爷是老家的一位"五保户",就是那种无儿无女,靠政府救济的老人。八爷叫什么名字,我也不知道,有人说八爷在家排行老八,也有人说他当过八路,总之,村里的老老少少,都叫他"八爷"。

记得小时候,八爷最喜欢我。有好吃的,总要留给我;从小就鼓励我好好念书;时不时,从鸡窝里拿两个蛋,换成铅笔和作业本,悄悄塞进我那旧土布缝成的书包。

今年,八爷大概有九十多岁了。想想八爷对我的好,是该回去送送他老人家。

丧事办得蛮热闹,也喜庆,村委会也就是幺叔,他们牵头操办的。在咱们老家,为高寿的老人办丧事,称为"白喜事";对结婚生娃什么的,就叫"红喜事"。

车刚刚停下,还没来得及进灵堂给八爷磕头,我就被幺叔一把拽住,旋即递给我一个记账本:"波子啊,你看看,远在北京做生意的'二宝'，他都托人送来了五千块。你也要多尽尽孝心，这次村里为八爷的'白喜事'花了不少钱……"其实，为八爷的丧事出点钱，这也无所谓。可我觉得幺叔的这种做法，有些"借死人敛财"的嫌疑。虽然我心里有一些不快，但碍于幺叔的情面，还是从皮包里，拿出了两千块的现金。幺叔迟疑地接过钱，那种面部表情，显然有些失望和不满足。

"我的八爷呀，您是我最亲的人，咋说走就走了啊，俺还没给您尽到孝心……"灵堂里，有一位年轻的女人狠狠地拍打着灵柩，哭得死去活来。这女人，我不认识，她那伤心欲绝的哭腔，让我也跟着眼泪打晃晃。

我好奇地打听这个一把鼻涕一把泪的女人，儿时的几个伙伴说："俺们不认识，听说是幺叔他们花了钱，从外地请来'哭丧'的。"

"还有专门'哭丧'的人，这非亲非故的，怎么哭得出来呢？"我很惊奇，感觉自己孤陋寡闻。

"而今，这种'哭丧'的人还不少呢。按照哭的伤心程度，价格也不一样，有的高级'哭丧'，一个小时最少三百块……"儿时的几个伙伴围着我，七嘴八舌地议论起来。

第二天清晨，八爷的灵柩，被八个壮汉抬起来。我有些疑惑：按照老家的风俗习惯，上了八十岁的老人过世以后，必须有十六个人抬灵柩，以示对逝者的尊重。八爷都九十多了，怎么只有八个人抬呢？

我问年迈的爹："这是咋回事？"

爹的情绪有些不满："你不知道吧？村里的年轻人，如今都出去打工了。就这些人，还是外地抬柩的专业队伍，抬一次，每个人三百块，还要搭上两包好烟。以前抬柩的人都是咱村里的后生。

过世人的家属，只要在你面前趴着磕个响头，你就是有天大的事，也得放下来，不能讲任何理由，必须帮衬着抬枢。千百年来，也就没有人提过工钱的事。哎，世道变了，没办法，你幺叔不是想节约几个钱嘛，就只请了八个抬枢的人。"

回城没几天，老爹打电话告诉我："幺叔今天被警车带走了，听说贪了你们为八爷捐的款。村委会有人举报，说幺叔虚列名目，私吞了八千块钱……"

我一时无语。

这次回老家送八爷上山，虽说是件"白喜事"，但我总感觉如鲠在喉。人情冷漠？见钱眼开？现代市场经济碰撞了传统村风民俗？说不上究竟为什么，心里就是有些闷得慌。

扶　贫

乡政府会议室，正在召开县委扶贫工作组成员与对口扶贫村负责人见面会。

这次县委扶贫工作组有两个后盾单位：县财政局和县科技局。

陈乡长在见面会上宣布：县财政局对口扶贫樟树村，县科技局对口扶贫荷花村。

荷花村的胡支书听到这个消息，满脸的不高兴。胡支书借口上卫生间，蹲在会议室旁边的走廊里，发微信紧急求见陈乡长。

陈乡长火急火燎地从会场跨到走廊：老胡，啥事儿？这么急。

胡支书贴在陈乡长的耳朵边说:俺的好领导,求您开开恩,帮俺调换调换对口单位,让财政局驻俺们村,行不?

陈乡长:为啥?

胡支书:这和尚头上的虱子,不是明摆着的嘛。财政局是财神爷,那是有钱的主;科技局是清水衙门,比俺们村里好不到哪里去。

陈乡长:扶贫不是看谁的钱多,而是要为村里找赚钱的项目,帮老百姓走上致富路。你看看,这回财政局就派来一个普通干部;科技局却是徐局长亲自带队,还有两个常驻队员。人家是真心想帮扶你们荷花村,你还嫌这嫌那。不说了,这是乡党委的集体决定,必须服从安排。

散会以后,果然不出胡支书所料。

县财政局的干部小覃当着大家的面,拿出了五万元的现金,递给了樟树村喜笑颜开的何支书:这是局里为樟树村下拨的扶贫款,一定要专款专用啊。下午局里还有个会,咱就不到村里去了,有事电话联系。

科技局的徐局长有些尴尬:胡支书,咱科技局没钱财,不过有人才。今后三年,这两位就是常驻你们村的扶贫队员,小赵是学果木栽培的,小钱是学旅游专业的。咱们先到村里看看?

胡支书内心蛮不悦意,脸上强装笑容:领导好,欢迎指导工作。

第一年,小赵发挥一技之长,动员全村人在山坡上种植猕猴桃。一家一户做思想工作,一兜一树搞技术培训。小钱每天爬山涉水,一盘大卷尺,时刻不离手,丈量着荷花村的每一寸土地,在图纸上画来画去,仔细认真的样子,似乎描绘着一种希望,一种梦想。

年底,乡扶贫领导小组盘点账目:樟树村扶贫收入5万元,即财政局下拨的扶贫款;荷花村不仅没有1分钱的扶贫收入,每家农户还额外支出了5000元,即投入的猕猴桃栽种成本。

何书记得意扬扬,胡书记一脸沮丧。

第二年,小赵望着漫山遍野的猕猴桃,笑了;小赵决定从山坡转向田塘,去年栽桃树,今年种莲藕,每一口池塘,每一块水田,荷花盛开,与"荷花村"名副其实,真是应了那句诗的意境:接天莲叶无穷碧,映日荷花别样红。小钱去年设计的"荷花风情园"入选了市政府乡村旅游开发计划,政府搭台,村民唱戏:有满园争艳的荷花,有即将挂果的桃树,有农家乐餐宿,有体验榨油的作坊,有垂钓的鱼塘……

城里人来了,荷花人笑了。

年底,乡扶贫领导小组盘点账目:樟树村扶贫收入5万元,即财政局下拨的扶贫款;荷花村每家每户收入5000元,有卖藕卖莲蓬的钱,有吃饭住宿的钱,有卖土特产的钱。

何书记羡慕不已,胡书记满面笑容。

第三年,荷花村,猕猴桃挂满枝头,荷花朵朵飘香,游人如织;樟树村,年复一年,山水依旧,偶尔有几声狗叫,宁静得出奇。

年底,乡扶贫领导小组盘点账目:樟树村扶贫收入为零,财政局取消了扶贫款;荷花村每家每户收入5万元,这是城里人消费的钱。

乡政府在荷花村召开扶贫现场总结会:金山银山不如绿水青山。

何书记一脸沮丧,胡书记得意扬扬。

留 守

　　那时候，丁香在村小学当代课老师，二十来岁，貌美如花，朝气蓬勃。村小学就两个老师，另一个是比她大两岁的帅哥叫李光宗，据村主任说，他是师专分配的公办老师，也是村小学的校长。

　　日久生情，两个年轻人偷吃了禁果，在激情中结了婚。

　　一年以后，李光宗托关系调进了县城，丁香继续留守村里的小学，一对夫妻，两地分居。

　　李光宗劝说丁香：你跟俺进县城，俺养活你。

　　丁香就是死活不肯：这群孩子离不开俺，俺也舍不得这群可怜的孩子。大丫，父母常年在外打工；小花，三岁就死了娘，爹在深圳当保安，一年才回来一次；虎娃，爹瘫痪在床，娘早就南下广东，好多年杳无音讯……

　　第三年，李光宗再劝丁香，她执意留守。李光宗无奈，委托了律师，她在离婚协议上签了字。

　　第四年，县教育局清理民办老师，在孩子们的哭喊声中，丁香不舍地走出了教室。虽然她不能再当代课老师，但是孩子们放了学，依然回到她的家。每天晚上，大丫、虎娃、小花和丁香挤成一团，非要一块儿睡觉。丁香那破旧的土房，就是孩子们温暖的港湾。

　　第五年，村里有好多人邀约丁香去东莞打工。丁香微笑着，摇着头：不是俺不想去，俺要是走了，这几个孩子就没了家。村里人都说丁香有点傻。

第六年,孩子们上了初中,学费、杂费、生活费,压得丁香喘不过气。有人开导丁香:傻丫头,你帮这几个孩子出啥子冤枉钱,没爹的有娘,没娘的有爹,要学校找他们要钱嘛。丁香微笑着:能帮就帮,俺不能耽误孩子们上学呀。

第七年,丁香实在拿不出一分钱。走投无路,万般无奈,丁香钻进了山里的小煤窑,和那些光赤膊的男人一道当起了挖煤工。呛鼻的煤灰尘,丁香忍着;钻锤磨出的肉血泡,丁香忍着;男人们嘴里的下流话,丁香忍着。

月底,丁香找煤窑老板结算工资的时候,煤窑老板怜香惜玉,就多付了她两百元,可丁香说:谢谢老板的好意,这钱俺不能要。

煤窑老板不像一个轻浮的人,却又认真地对她说:丁香妹子,俺是心疼你。要不,你就跟了俺,保证你有花不完的钱。

丁香气愤地白了煤窑老板一眼,揣起凭苦力赚来的工钱,恼羞成怒地跑出小煤窑。

那年八月十五,挖煤工都要回家过中秋节。老板说中秋节给翻倍的工钱,丁香留下来继续挖煤。

煤窑里,昏暗潮湿。四个人影在井道中忙碌着:丁香,村里最憨厚的光棍二狗哥,还有两个外地的河南人。

中午休息的时候,丁香感觉两个河南人不怀好意,故意捏她的屁股,丁香本能地躲到了二狗的身后。两个浑身油黑的河南人步步逼近二狗,二狗抡起铁锹挥舞着,阻挡着。二狗被河南人打破了头,鲜血溅在煤堆上,红色变成黑色,二狗昏过去了。两个河南人撕破了丁香的衣裤,在丁香撕心裂肺的叫骂中,发泄着兽性……

两个河南人蹲进了监狱。

二狗在医院住了半年，丁香一直守护着二狗。

第八年，又是中秋节，憨厚的二狗，托了村主任做媒，请了全村老少作证，摆了酒席，娶了丁香。

历经九九八十一难，好人终有好报。

洞房花烛夜，丁香对二狗说：俺要供大丫、虎娃、小花几个上大学，你愿意不？

二狗憨憨地、傻傻地回着话：俺愿意，俺愿意。

赈酒的秘诀

春暖花开的时候，李大梅结婚，在村里赈了喜酒。洞房花烛夜，这是人生最大的喜事，可李大梅却有些郁闷。

李小梅和李大梅是一对孪生姐妹，李小梅关心地问李大梅：咋地？姐姐都要当新娘子了，为啥不高兴？

李大梅小声地说：你看见没？好多亲戚朋友都没来捧场，茶钱也少得可怜，倒是酒席开了不少桌。

李小梅恍然大悟：哦，你不说，俺还真没注意。姐，你好坏，肯定是惦记着俺妈说的那话。

李大梅明知故问：俺妈说的啥话？

李小梅调皮地揪住李大梅的耳朵：你还装？俺妈不是说了，不管谁结婚，赈酒收的礼金和茶钱，全归俺姐妹自个儿吗？

李大梅的脸，羞红羞红的。

第二年,丹桂飘香的时候,李小梅结婚,也是在村里赈的喜酒。在赈酒之前,李小梅多了个心眼,对姐姐结婚赈酒的每个环节,细细地琢磨了一番。

这回,出乎李大梅的意料。李小梅结婚赈酒的那天,前来庆贺的客人推进拥出;账薄上的礼金,估计是李大梅的两倍;客人给的茶钱,一般都是"毛爷爷",少的也有五十"大洋"。

后来,李大梅疑惑地问李小梅:好妹妹,你咋就比姐招人喜欢呢? 礼金和茶钱比俺收得多,可摆的酒席还比俺的少。

李小梅鬼精鬼精地说:俺有秘诀。

李大梅央求李小梅:快跟姐姐唠叨唠叨。

李小梅得意扬扬:俺发的请帖就和你不一样。你是通过微信或者短信群发的吧?

李大梅点点头:是呀。

李小梅接着说:俺是每人发一条。你写的是"各位亲朋好友",别人一看短信就知道是群发,赴不赴宴无所谓;俺在微信上是"一对一"的称呼,每个人不一样,客人不来喝喜酒的话,以后咋见面啦。

李大梅似乎开了窍:妹妹真聪明。那茶钱咋也比俺多呢?

李小梅诡笑着:餐桌上,你在每个人的面前就放了一个空红包,客人给多给少,给与不给都无所谓;俺除了放空红包以外,还添了一支笔,客人放了多少茶钱,红包上面写着客人的名字,如果茶钱放得太少,客人的面子自然就过不去呗。

李大梅跷起大拇指:妹妹真精明。俺还是有点懵,你结婚的那天,来了那么多客人,咋摆的酒席比俺还少几桌?

李小梅依然诡笑着:俺跟厨房的跑堂倌,早就做了交代,一桌必须坐齐十个人,才能发放筷子;你结婚的时候,俺发现,跑堂俏先就摆放了筷子,八个人坐一桌,五个人也坐一桌,当然就有浪费啦。

李大梅对李小梅佩服得五体投地:妹妹真厉害。你是从哪里学的这些鬼点子呀?

李小梅一本正经地说:俺在城里打工的时候,看见城里人都这么做,城里人的套路深着呢。

二　胎

小盘是个鬼机灵的小伙子,聪明,人称小诸葛,一向料事如神。

小盘结婚当年就生了个千金。有人说,怀胎十月,除非元月份结婚,才能赶上当年的好收成。其实,小盘是粽子飘香的时候举行的婚礼。

见怪不怪,现在的年轻人,时兴当年结婚当年生孩子。

小盘的父母生活在农村,重男轻女的思想根深蒂固。

千金满周岁的那天,小盘的父母发了话:你们趁年轻,赶紧还生一个。

小盘自信地说:不急,国家生育政策一定会放开。

2011年11月,虽然是寒冷的冬天,但对国人们来说,有一股春天的暖流:国家正式放开"双独二孩"生育政策。就是说,男女双方都是独生子女的,可以生育第二个孩子。

政策好是好,可小盘高兴不起来。小盘两夫妻,不符合条件:

小盘有两兄弟,他老婆还有一个妹妹。

小盘的父母急了眼,天天催促这个事:赶紧生,花点钱,买个指标,也必须得生。

小盘自信地说:不急,国家生育政策还会再放开。

2013 年 12 月,虽然是寒冷的冬天,但对国人们来说,又是一股春天的暖流:国家正式放开"单独二孩"生育政策。就是说,男女双方只要有一方是独生子女的,可以生育第二个孩子。

小盘两夫妻,还是不符合条件。

又等了一年,小盘的父母上门督阵:今年必须生。

小盘自信地说:必须生。依我分析,国家生育政策已经放到底线了。不过,咱得想点办法,不能眼睁睁地被罚款。

小盘两夫妻反复商量,决定离婚,不过是假离婚,等生了二胎再办复婚手续。

先离婚,再怀孕。

2015 年 9 月,小盘的老婆产下了第二胎:又生了个小千金。

虽然没有生个带把的让父母如愿以偿,但总算有了两个孩子,也是大喜事。

没过几天,就在亲朋好友纷纷向小盘道喜之时,他那张鬼精明的脸突然晴转阴,乌云密布。

当地计生部门接到举报:小盘假离婚骗取二胎生育指标,罚款 3 万元;单位暂时停发小盘两夫妻的工资,能不能保住工作,还难说。

小千金满月的那天,一个从天而降的消息,对于别人来说,是春雷,是天大般的喜讯;对于小盘两夫妻来讲,是惊雷,是地震般地突袭:国家全面放开"二孩"生育政策。

小盘,小诸葛,头一回马前失蹄。

小盘的父母,望着小盘两夫妻和一对千金,感叹着一句乡下的俗语:扁担没扎,两头打塌。

枪杀心爱的人

关小菊和胡良军,一个村子长大,青梅竹马,两小无猜。

胡良军是老幺,还有两个哥哥,因为家里穷,兄弟三个清一色的光棍。

关小菊,二十出了头,媒婆踏破门槛,可她就是不应亲,除了胡良军,她心里装不下别人。

关小菊和胡良军,每天感觉最幸福的事,就是盼着太阳落山。两个人趁着夜色,在此起彼伏的狗叫声中,钻进暖暖的稻草垛。

关小菊是一个有底线的丫头,胡良军可以亲她的嘴,甚至可以摸她的奶子,就是不能干男女之间的那个事。有时候,撩拨得胡良军直生闷气。

关小菊温柔地咬住他的耳朵:急啥?咱迟早是你的人。结婚的那天晚上,咱保准将身子给你。

关小菊的娘是村里的豆腐西施,人漂亮,做得一手好豆腐。每天下午,关小菊都会按照娘的吩咐,蹲在山脚的堰塘边,搓一担黄豆,洗两口大缸。

那时候,乡里成立了民兵营,胡良军的枪打得最准,被乡武装部任命为民兵营长。

民兵营的打靶场,就设在半山腰的一块空地上。每天,胡良军训练打靶的时候,就能看见蹲在堰塘边的关小菊,就能看见她翘翘的屁股。关小菊搓黄豆和洗大缸的时候,身子向前倾斜,偶尔也露出白嫩嫩的腰肢。

那天下午,打靶训练结束,民兵们伴随着殷红的霞光,纷纷散去。站在半山腰的胡良军,叫唤着山脚的关小菊:你那两口大缸还没洗完?

关小菊用右手半掩着嘴角,回应着胡良军:有一口缸破了损印,估计用不上了。

胡良军突然冒出一个鬼点子:这口破缸反正没用了,就让它当一回靶子吧,瞧咱能不能打中它?

关小菊故意激着胡良军:这么远,蛮悬乎,就你那枪法肯定打不着。

胡良军心里不服气,底气十足地端起了步枪:你躲远点,看咱的。

关小菊笑吟吟地说:不要紧,咱伸手扶着这口破缸,咱身子躲远点就行。

说时迟,那时快。"砰"的一声,枪响了。

那口破缸安然无事,关小菊应声倒下,滚入了堰塘。

胡良军脑海一片空白,他绝对不相信这是真的。

警察带走了胡良军,监狱收容了胡良军。

整整熬了十五年,刑满释放,胡良军最美好的青春,就这样被挥霍了。

后来,村里的七大姑八大姨,帮衬着胡良军,牵线搭桥,劝他趁早成个家,他都委婉地谢绝了。

如今,胡良军已是年近花甲的老头,依然孤身一人。

胡良军每天都要去一趟关小菊的坟头，他在心里默默地发誓：这辈子，再好的女人，咱也不娶。

鸡年不杀鸡

春生和他的爹娘，一直住在壶山国家森林保护区。春生没读几句书，从小就在家种地，三个兄弟姊妹都在城里。壶山，深山老林，原始生态，珍稀动物无奇不有。

野鸽野鸡，獐子兔子，春生爹都喜欢，最让他老人家讨厌的就是猴子。猴子总趁天黑和没人的时候，偷吃春生爹种的苞谷和地瓜。春生爹本来是一个好猎手，可惜的是，自从保护区成立以后，春生爹就失业了。眼看猴子成群结队地偷吃丰收的果实，春生爹好几次瞄准了猎枪，可气的是，他不敢也不能扣动扳机。春生爹一点也不糊涂：国家有政策，猴子是保护动物。

春生爹不仅杀不了猴子，还有很多动物他也不能杀。

春生打小就知道，爹立了个规矩：生肖年的动物，坚决不杀生。就是说，牛年不杀牛，羊年不宰羊，哪怕是过大年，也绝对不行。

春生印象最深的是 2007 年的春节，别人家杀猪宰羊，可他爹就是不让杀家里的猪，说是那年属猪，猪年不杀猪，宁可过年不吃猪肉，也不能破了规矩。

2016 年年初，春生娘养了几十只鸡，她知道春生爹的规矩，明年是鸡年，春生爹绝对不会杀鸡。这些鸡便可以多生一年的蛋，多孵一年的小鸡。

2016年是猴年，兴许是猴子的本命年，它们愈发张扬起来，大白天也敢闯入苞谷地。当然，春生爹不会杀猴，也不敢杀猴。

再过一些日子，又要过大年了。

腊八节，春生家又是杀猪又是宰羊。二弟儿夏雨，从城里做生意回来了；三妹子秋菊，打工回来了；幺丫头冬梅，大学放假回来了。一家人好不热闹。

村子东头唱大戏，好多年没唱过了。娘，春生，夏雨，秋菊，冬梅，挤进黑压压的人群中看稀奇。

春生爹不爱凑热闹，独自在屋里抽旱烟。

几十只鸡围在春生爹面前，争着抢着，啄着被猴子吃剩的苞谷棒子。看到这些"伤痕累累"的苞谷棒，春生爹便想起那些可恨的猴子，气就不打一处来。

春生爹耐着性子，洒着苞谷米，诱惑着鸡群，一只接着一只，关进了鸡笼。

春生爹不由自主地磨刀，咬牙，杀鸡，杀了一只，又杀一只，似乎杀得越多就越解恨。

鸡血，流淌了满满一脸盆子，一把洁白的盐被融化得无影无踪。

就在春生爹准备要杀最后一只大公鸡时，娘，春生，夏雨，秋菊，冬梅，看完了大戏，说说笑笑地回来了。

娘说时迟那时快，一把夺过春生爹手头的刀：明年是鸡年，不是不能杀鸡吗？

春生也为娘帮着腔：爹，你自个儿定的规矩，咋说破就破？

春生爹似乎答非所问：俺恨山上的猴子。

夏雨不解地问：恨山上的猴子与杀鸡有啥关系？

091

花痴

秋菊打着圆场：鸡，杀就杀了，反正过年用得上。

春生爹望着后山猴子出没的地方，气呼呼地叫嚷着：今年是猴年，明年是鸡年，俺就是要杀鸡给猴看。

冬梅轻声细语地劝说着爹：留下这只种鸡，就不要杀了。猪也杀了，羊也杀了，何必杀鸡给猴看？再说，你杀了鸡，猴子也不一定能看见。猴子该偷吃的还得偷吃。

春生爹，总算消了些气。

过完新年，正月初七，夏雨回城，秋菊打工，冬梅上学。临走的时候，每个人捎走了几只腌好的鸡，只有春生依然陪伴着爹和娘。

2017年刚开春，还真是应验了冬梅说的话，猴子们依然成群结队地闯入地里，这个时节没有苞谷可摘，它们就干脆糟蹋春苗。

春生爹摇摇头，莫奈何，反复叮嘱春生：再过十二年，鸡年不杀鸡，规矩不能破。

春生憨厚地点了点头，重复和篡改着爹的话：鸡年不杀鸡，杀鸡也骇不了猴。

偷　枪

二牛心里最喜欢的人是菊花，二牛和菊花青梅竹马，一起长大，一起上小学。每天上学一同去，放学一路回。二牛印象最深的是小学快毕业的那年冬天。有一次放了学，在回家的路上，狂风大作,路边的小树连根拔起,让人喘不过气。菊花吓得嘤嘤直哭,二牛英雄地展示出小男子汉的气概,猛地将菊花搂进怀里,躲进路边的稻草垛,二牛闻到了菊花身上小女娃的气味,不由自主地将菊花搂得更紧,菊花不再哭。

从那天起,二牛默默地发誓,长大以后要娶菊花当自己的女人。

小学毕业,菊花进城当了保姆。

二牛念完小学就成了专职放牛娃。不过,那时节,乡里娃能上初中的也蛮稀罕。二牛爹,世代贫农,根正苗红,不知道哪辈子造的福,在公社当了门卫。

于是,二牛不放牛的时候,经常在公社的院子里玩耍,也能经常接触到公社的大干部,譬如武装部蔡部长就蛮喜欢二牛。那时节,能够和二牛一样在公社的院子里随意进出,着实让人羡慕。

二牛每天跟在牛屁股后面,幸福地惦记着城里的菊花。

有一天,菊花的娘又是杀鸡又是买肉,笑得合不拢嘴。村子里的七大婶八大姑,三三两两,相互咬着耳根子:菊花在城里相中了姑爷,今儿个就来认门提亲。

二牛怎么也不相信这是真事。可菊花还是领着一个俊后生,在村里人羡慕的眼光中,回了家里,吃了酒席。

二牛扔下那头大牯牛,疯跑,狂奔,一个人躺在山头,流下了几行泪。

菊花相亲的那天晚上,二牛没有回家,二牛死活要跟公社当门卫的爹一起睡觉。

二牛爹憨憨地说:公社有规定,门卫室不能住其他闲杂人员。

二牛死犟死犟地辩：规定是死的，人是活的，咋就不能住了，再说俺是你儿，也不是啥子闲杂人员。

就在二牛和他爹"理论"的那当口，武装部蔡部长不知道啥时候进了门卫室：二牛，你夜里跟俺睡觉，俺房里宽敞。

二牛爹客套了一番，还是感激地让蔡部长领走了二牛。

二牛想起菊花，想起那个俊后生，翻来覆去，咋的也睡不着。

半夜时分，皎洁的月光透进窗户，二牛痴痴地望着那一把挂在衣架上的黑亮亮的手枪。那是蔡部长随身佩戴的家伙什儿，除了睡觉，从不离身。那时节，整个公社就只有这么一把黑亮亮的手枪。

二牛越想越生气，悄悄起床，趁着蔡部长的鼾声，轻轻地取下那把黑亮亮的手枪。二牛顾不上穿裤子，光着上身就翻出了公社的院墙，攥紧这把黑亮亮的手枪，一路小跑，砸开了菊花家那个俊后生住的房门。

二牛扳动手枪，俊后生惊叫着，菊花和家里人惊叫着。村里人被闹醒了，狗也被吵醒了，人喊声，狗叫声，始终没有听到枪声。人越来越多，狗越叫越凶，二牛攥紧那把黑亮亮的打不响的手枪，仓皇出逃。

蔡部长的鼾声没了，替代的是派出所的警报声。二牛听见了这瘆人的警报声，就知道是奔这把黑亮亮的枪而来，二牛的脑袋里已经毫无头绪，两只手有些不听使唤，颤抖地将那把黑亮亮的枪丢进了水库。

二牛光着上身没命地跑了半夜，终究没有跑过警车。

那时节，偷枪就是死罪。二牛被判了死刑，立即执行。

刑场，二牛唯一的要求就是见蔡部长：那把黑亮亮的枪咋就打不响呢？

蔡部长痛惜地摸摸二牛的头：幸好你没拉开保险栓。

二牛，那年正好十六岁。

哑　妻

雪花出生在那场大雪纷飞的夜晚，她便拥有了"雪花"这个冰清玉洁的名字。

雪花喜欢隔壁家的秋哥，两个人青梅竹马，念书在一起，玩耍在一堆。秋哥酷爱学习，从小成绩就好，这也是雪花打心眼里喜欢秋哥的最重要的原因。

上初中的那年，雪花患了一场村里人叫不出名字的大病，半年以后，雪花的喉咙发不出声音，光张嘴就是说不出话，从此，雪花就变成了哑巴。

雪花被迫辍学。在山后那片林子里，秋哥第一次紧紧地抱住雪花：俺长大以后，一定娶你。

雪花虽然不能说话，但是耳朵灵光得很，秋哥的话，她听得真真切切的。

时间不经晃荡，在雪花一封封鼓励和温馨的书信中，秋哥考上了大学。秋哥上大学之前，在山后那片林子里，第二次紧紧地抱住雪花：等俺大学毕业以后，一定娶你。

秋哥家里穷得揭不开锅盖，学费和生活费，一期期没有着落。秋哥无奈，想着休学打工。雪花写信说：秋哥，你必须念完大学，俺已经在深圳一家玩具厂找到了工作，俺供你。

从此，每个月的最后一天，秋哥就会准时收到雪花寄来的生活费和零用钱。三年如一月，雪花那一千多个日日夜夜打工的血汗钱，终于供出了秋哥这个村里唯一的大学生。

　　秋哥大学毕业，分配回家乡的中学当了老师。于是，村里人有了一种议论：雪花真傻，秋哥是不会娶她的。

全民微阅读系列

　　秋哥上班的前一天，在山后那片林子里，秋哥第三次紧紧地抱住雪花：等几天就是中秋节，俺要在花好月圆的时候娶你。

　　雪花给秋哥写了两句话：俺是哑巴，俺不配。婚姻是一辈子的大事，你可要想好。

　　村里人都不相信，那年中秋节，秋哥在喇叭和鞭炮声中娶了雪花。

　　秋哥勤勤恳恳，兢兢业业，三年不到，就当上了中学分管后勤的副校长。自从秋哥当了官，学校的米，食堂的油，就没少往家里拿。有一天晚上，秋哥掏出一沓厚厚的钞票，雪花惊奇地在纸上问：这不是贪污公家的钱吧？

　　秋哥满不在乎地安慰雪花：这算啥？有权不用，过期作废。

　　自从那天晚上开始，雪花的心就提到了嗓子眼，噩梦不断，再也没睡过一个安稳觉。雪花三番五次地写纸条劝说秋哥：早点自首，好好跟领导说清楚，兴许还有救。

　　秋哥不以为然地回着：自首？俺死也不去。坦白从宽，牢底坐穿。你没听说过这话？

　　终于有一天，有人举报了秋哥贪污和挪用公款，秋哥被警察带走了，秋哥被判了三年的刑。

　　后来，秋哥在监狱里听说举报人居然是雪花，秋哥欲哭无泪。

　　秋哥恨雪花，恨得咬牙切齿。

三个春夏秋冬，一晃而过，秋哥的心也慢慢平静下来。

秋哥刑满释放的那天，雪花远远地站在监狱对面，左手高高地举起"我爱秋哥"四个字，右手温柔地向他招手。

男儿有泪不轻弹，秋哥眨巴眨巴眼睛，泪光中浮现出雪花对他的好，浮现出雪花打工的辛酸，浮现出雪花照顾他爹娘的情景……秋哥再也恨不起来雪花。秋哥的心底突然冒出一种强烈的意念，雪花是他一生中遇到的最好的女人。

秋哥喜笑颜开，秋哥爱雪花，爱得死去活来。

其实，雪花是一个不会说话的女人，雪花也是一个会说话的女人。

盗墓者

乌漆墨黑的深夜，伸手不见五指，偶尔有几声憨斑鸠那嘶哑地低吟，令人毛骨悚然。

赵根生和钱宝旺窸窸窣窣地潜入楚墓群。赵根生猫着身子吃力地挖地道，钱宝旺弓着腰端起半箩筐泥土，慢慢地向外转移。

偌大的楚墓群里安静得可怕，这会儿憨斑鸠也不再叫唤。赵根生和钱宝旺已经陆续作战一个多月，应该就这两天可以"见宝"。"见宝"是盗墓者的专业术语，大概意思是已经接近主墓室，很快就能偷到金银珠宝。

天亮之前，赵根生和钱宝旺将铲锹和箩筐收拾妥当，用树枝和杂草掩埋好洞口，随着稀稀拉拉地狗叫声，潜进村子溜回家。

赵根生临进家门时，小声地嘱咐钱宝旺：这几天风声紧，昨天，听说派出所在隔壁村抓走了一对"挖手"，咱先歇两天再"取货"。

赵根生说的"挖手"，就是他们的同行。钱宝旺的鼻孔里连着发出"嗯嗯"的声音。

过了三天，深夜，电闪雷鸣，风雨交加，连村子里的狗都吓得缩回了窝里，不敢发出一点声响。

半夜时分，赵根生和钱宝旺淹没在暴风骤雨中，高一脚低一脚地潜入楚墓群。赵根生钻进洞里"取货"，钱宝旺蹲在洞口"接货"。

一串串玛瑙珠宝，一盒盒金银首饰，在闪电里也能晃着钱宝旺的眼。钱宝旺捧着这些宝贝，激动得泪水顺着雨水在腮帮子上流淌着。当赵根生正准备爬出洞口的那一瞬间，钱宝旺毫不犹豫地实施了他蓄谋已久的杀人计划，他将早就准备好的两块大石头狠心地堵住了洞口，以迅雷不及掩耳之势，填上了满满的两箩筐泥土，赵根生就这样被钱宝旺活活地给埋葬了。

钱宝旺一连十几天躲在屋里，不敢走出家门半步，心虚，害怕，纠结，惊恐，度日如年。半年以后，钱宝旺才敢悄悄地联系买家，小心翼翼地准备"出货"。

从香港过来的买家丢下放大镜，气愤地甩了钱宝旺两个响亮的耳光：你把老子当猴耍？从哪里弄的地摊货？全是水晶高仿品。

正当钱宝旺一头雾水的时候，手机刺耳地响起来：宝旺，俺是根生。

钱宝旺差点惊掉了耳边的手机：你是人还是鬼？

赵根生真真切切地说：宝旺，俺这会儿在加拿大的温哥华，谢谢你送俺到这么美丽的地方来度假。宝旺啊，俺就料到你会独吞宝物，幸亏早有防备，俺在洞口旁边预留了一个隐蔽的出口。你接出去的那些宝物，是俺预先放进洞里的仿品，无非是想试探试探你，知人知面不知心，想不到你居然真下了狠手。

钱宝旺似乎有些后悔：那俺要是不起杀心，你会咋办？

赵根生好像有丝得意：你说俺咋办？要是真那样的话，这会儿吧，在温哥华度假的肯定就是咱哥俩。对不起啊，宝旺兄弟，俺本想与你有福同享，可你却动了独吞宝物的贪念。你这是逼俺上梁山，俺只好带着宝物逃亡天涯。你既然如此不仁，那就别怪俺不义，俺已报了警，估计这会儿警察正朝你家里赶呢。反正俺在派出所的户籍上已经是个死人，所有的罪孽就由兄弟你来承担吧。

电话还没落音，从村头隐隐约约传来瘆人的警报声，由远而近……

守护这片土地

那天上午，荷花村村口的山头上，村民们围攻年迈的二爷，几个小年轻大打出手，二爷头破血流，有好心人报了警，派出所的警车护送二爷才上了医院。

这次发生的群体殴打事件，说来话长。在招商引资的大潮中，有一家外资生物制药企业，看中了荷花村这块风水宝地，投资几千万，兴办大药厂。投资老板的承诺让村民们兴奋不已：只要乡亲们在土地使用协议书上签字，每家每户每月按人头补贴300元现金。真是天上掉馅饼，村民们做梦都在笑，家家户户争着抢着画押，唯独德高望重的二爷拒绝签字。

二爷在村里辈分高，年轻的时候当过兵，最大的喜好就是爱看新闻，时时关心着国家大事。村里人都说二爷有文化，上知天文，下知地理，二爷是村里人的主心骨。平时大伙儿有啥子大事都听二爷的，可这次二爷犯了众怒，村民们都说二爷挡了大伙儿的财路。

二爷苦口婆心地对大伙儿说：俺走过的桥比你们走的路多，俺吃过的盐比你们吃的饭多。这种制药厂污染蛮大，在别的地方待不下去了，才搬到俺们这儿来的，你们还真以为捡了个金元宝。俺把话撂在这里，不出两年，整个村子里头，土地寸草不生，堰塘鱼虾死光，人畜无水可饮。

村里人都说二爷老糊涂，瞎猜怪说，胡思乱想，危言耸听。

二爷一个人不签字，其实也不影响大局。投资老板照样开来了推土机，挖山填洼，动工建厂。那天，二爷拼了一把老骨头，挡在推土机前，死活不让开工。投资老板煽动村里的小年轻，几个不知天高地厚的毛小伙，你一拳他一脚，把二爷弄了个半死不活。

二爷住进了医院，村里的制药厂还是建起来了，二爷无可奈何地不住地摇头。二爷出院的那天，派出所督促制药厂支付二爷的赔偿费，可二爷唉声叹气地说：事已至此，罢了，罢了。俺一分钱也不要，要赔就赔俺三车青岩石，两车标号高的水泥。

二爷把家里的几亩田地和一口小水塘围起来，傍着四周深挖两米沟渠，砌上青岩石，抹上水泥浆，好似铜墙铁壁，里里外外严严实实,滴水不漏。村里人都说二爷发了神经病,吃饱了撑得慌,在田地里修起了古长城。

一年以后,整个村子里,污水横流,臭气熏天。田地里不再有庄稼,连野火烧不尽的杂草也不再生长;堰塘里没有一条鱼,连专门吃污水的龙虾也翻了白眼;井坑里冒起了白色泡沫,连猪狗六畜喝了这水也四脚朝天。整个村子,如同得过瘟疫一般,死气沉沉。

唯独二爷那城墙里的几亩田地,稻子禾苗,青绿茂盛,萝卜白菜,春意盎然;唯独二爷那城墙里的一口水塘,清澈见底,鱼虾嬉戏,就是这口水塘救了全村人的命。

村里人慌了神,乱了脚。这回,大伙儿似乎有些明白了二爷的良苦用心,村民们都说二爷就是诸葛亮在世,一定要帮帮大伙儿,救救这片稻田和土地。那几个当年对二爷拳打脚踢的愣头青,也齐刷刷地给二爷下了跪。

二爷挥笔写下了一纸起诉书,让村民们联名签字,叫后生们拿手机拍了照片。二爷领着几个愣头青,去了环保局,到了信访办,见了副县长。

没过几天,一群戴着大盖帽的人,开着几辆警车,封了荷花村村口的生物制药厂。

三年以后,村子里重新长出了青青的庄稼,堰塘里又有了群群的鱼虾,井口的水寻回了几年前的甘甜。二爷吆喝着那几个愣头青,一口气拆了他那田地里的城墙。就在那天晚上,二爷永远地闭上了他的眼睛,脸上还挂着丝丝微笑。

村里人在二爷的床头,发现了一封遗书:俺走后,就把俺安葬在村口的那个山头上,俺在九泉之下也要守着生俺养俺的地方……

三傻子的特异功能

三傻子是家里的老幺，上头有两个哥哥，大哥常年在外打工，二哥刚刚当选为村主任。三傻子天生就是个弱智，不爱说话，痴痴呆呆。父母死得早，二哥最疼爱这个傻弟弟，三傻子跟二哥也显得尤为亲热。

可自从漂亮的二嫂娶进门以后，三傻子似乎有些变化，特别爱偷听二嫂温柔地说话，有时候还冷不防地重复二嫂说的某句话。

有一日。

大嫂望着二嫂：咋地？脸色纸白纸白。

二嫂小声地回着：涨洪水。

三傻子记住了二嫂的话，赶忙跑到村委会找二哥。

二哥问三傻子：你咋来了？

三傻子慌乱地重复三个字：涨洪水，涨洪水……

二哥弄急了，立马召集村民赶往防汛大堤。水库大堤的下面还真裂了个口子，大有一泻千里之势，幸亏村民们来得及时，整整费了半天工夫，二哥带领村民们总算堵住了裂口。

二哥激动地抱住三傻子，随口说了一句话：俺家兄弟有特异功能。

隔了一月。

大嫂望着二嫂：咋地？脸色纸白纸白。

二嫂小声地回着：大姨妈。

三傻子记住了二嫂的话,赶忙跑到村委会找二哥。

二哥问三傻子:你咋来了?

三傻子慌乱地重复三个字:大姨妈,大姨妈……

二哥有些惊奇:大姨妈来了? 自从俺妈走了以后,大姨妈就没上过俺家。今儿个吹地啥风? 走,俺们这就回家。

说来真是赶巧, 二哥远远地就瞧见了斜靠在屋门口的大姨妈,老太太上了年纪,拄了拐棍。

大姨妈牵住大嫂和二嫂的手说:俺妹子也就是你们的婆婆,她临走的时候,交给俺两个玉镯子,说是等两个儿媳妇都娶进家门以后,无论如何要俺替她亲手戴在你们的手腕上。

二哥这次是彻底信服了三傻子。大哥心想:莫非俺家兄弟真有特异功能?

又隔了一月。

大嫂望着二嫂:咋地? 脸色纸白纸白。

二嫂小声地回着:着火了。

三傻子记住了二嫂的话,赶忙跑到村委会找二哥。

二哥问三傻子:你咋来了?

三傻子慌乱地重复三个字:着火了,着火了……

二哥拉起几个村干部跟着三傻子就往外跑。没出一里路,只见五保户乔大爷家火光冲天。二哥不顾一切,钻进火场,背出了奄奄一息的乔大爷。这回,乔大爷的房子虽然烧没了,但庆幸地是保住了这条老命。

全村人信服了三傻子,都说三傻子有特异功能。

再隔了一月。

大嫂望着二嫂:咋地? 脸色纸白纸白。

二嫂小声地回着:好事儿。

三傻子记住了二嫂的话，赶忙跑到村委会找二哥。

二哥问三傻子：你咋来了？

三傻子慌乱地重复三个字：好事儿，好事儿……

三傻子话音未落，一辆小轿车"嘎"的一声，稳稳地停在了村委会的大门口。乡党委书记紧紧地握住村主任的手：恭喜恭喜。鉴于你防汛及时，救人有功，县委决定替你解决"地方国家干部"身份。

这对当选村主任不久的二哥来说，真是天大的好事儿。

于是，三傻子成了村里的焦点人物。男女老少都在议论三傻子有特异功能，只有大嫂和二嫂悄悄地相视一望，会心一笑。

三傻子痴痴地盯着漂亮的二嫂，二嫂的小脸蛋羞红羞红的。

咬卵犟

最近俺读了龚峰兄的《野语文》，其中一篇《咬卵犟》蛮有印象，这让俺想起了老屋里的一个人，他的小名就叫咬卵犟。村里人对咬卵犟的大概议论，无非是你要东走他偏往西奔，一个揪着道理要横摆的犟腿。

咬卵犟从他娘肚子里爬出来时就与众不同，别个屋里生娃儿都是脑壳先着地，他偏要脚丫子急着冒出头，着实慌乱了接生婆。这可是天大的难产，那动静闹得他娘大出血，要不是当地修枝柳铁路的随队医生抢救及时，险些就丢了他娘的性命。

村里的七大姑八大婶，忙着照管被咬卵犟折腾得只剩下一口气的娘，没人关心咬卵犟的死活。咬卵犟好不容易从他娘肚子跑出来，兴许是不适应这个吵闹的新世界，他的两条腿蜷缩着抱住自个儿的脑壳，在旧破布和老棉袄垒垫的摇窝里来回滚动，小嘴巴一合一张地咬着“小鸡儿”，村里人调侃地说，这小家伙天生就是个咬卵犟。从此，咬卵犟的小名便挂在了村里人的嘴巴上。

咬卵犟六七岁的时候，村小的教书匠接他上幼儿班，可半天没搞上头，他就悄悄地逃回了家。再后来，他娘和他老倌子（父亲），天天早上轮流扬起刺条儿，鞭着抽着，往村小的门口逼。咬卵犟就是咬卵犟，刺条儿打在身上，疼得要命，他却咬紧牙关硬是不哭。他娘摇晃着刺条儿，抽一回，心头疼一回。他娘天天嘀咕那句老话：这娃就是一个“牵起不走赶起飞跑”的犟种。

咬卵犟在刺条儿的陪伴中，艰难地糊弄完小学。

他老倌子问咬卵犟：你还读不读初中？

咬卵犟：打死俺也不读。

老倌子：万般皆下品，惟有读书高。打小不读书，长大咋会有出息？

咬卵犟：俺幺老倌子（小叔叔）斗大的字不认得一箩筐，他不照样当村主任嘛？俺长大也当村主任。

十八岁那年，咬卵犟看上了隔壁村里的冬丫头，可媒婆踏破了门槛，冬丫头死活不肯答应这门子亲事：俺脑壳里又没灌浆糊，哪个跟了咬卵犟哪个倒血霉。

咬卵犟茶饭不思，整天琢磨着如何把冬丫头搞到手。有一天天黑的时候，冬丫头扯猪草，六月的天女人的脸，说变就变，天老爷下起了桶倒的雨。冬丫头拐进山神庙躲雨，咬卵犟跟梢冬丫头。咬卵犟吃得雷屙得闪，竟然在暴风雨中当着山神的面，霸王硬上弓，弄破了冬丫头的身子。

冬丫头的娘和老倌子老实巴交的，家丑不可外扬，这个事要是捅出去，冬丫头咋还嫁人？咬卵犟央求当村主任的幺老倌子出面说情，他光赤膊背着一把竹扫帚，给冬丫头和她娘以及她老倌子，一人磕了三个响头。

冬丫头就这般稀里糊涂地嫁给了咬卵犟。

成家以后，咬卵犟犯起了浑。村里头号召种植猫丝藕、朝天椒和苎麻，别个屋里都听村主任的吆喝，唯独咬卵犟与他幺老倌子唱对台戏：俺看了新闻，种过的地方都说，种猫丝藕猪不闻狗不尝，种朝天椒朝天摔一跤，种苎麻背麻 X 时。

当年，村里头种植的猫丝藕、朝天椒和苎麻，年成好，价钱高，别个屋里都赚了大把的票子，只有咬卵犟吃了大亏。冬丫头怪自个儿命不好，闹着吵着要扯离婚证。

第二年，村里的年轻伢和乖丫头，成群结队地南下打工。冬丫头催促咬卵犟也去打工赚钱，可咬卵犟就是不依，偏要待在家里栽田拱土。冬丫头天天骂他犟种。这一回，咬卵犟又发了神经，村里人打工荒废的田地，咬卵犟一股脑儿地接坨。咬卵犟卖掉了摩托车，从乡农科站请来技术员，种起了大棚蔬菜。那年，咬卵犟刨除所有开支，足足赚了十万块钱，轰动乡里和县上。

前几年，咬卵犟又办起了农家乐，弄起了葡萄采摘园，咬卵犟成了老屋里的第一个百万富翁。据说，冬丫头而今也不喊"犟种"了，赶着时髦一口一个"老公"。

去年，村里组织换届选举的时候，咬卵犟一不小心就被村里人推上了村主任的位子，幺老倌子喜笑颜开地将大公章交给了咬卵犟。

对了，咬卵犟的大名就叫"姚良将"，其实，大名和小名听起来也蛮谐音的。

称　呼

凤凰乡,贫穷,落后。

可乡政府的干部却不少,麻雀虽小,肝胆俱全。光领导班子就有七个,除了党委书记和乡长,还有五个副乡长。

党委书记和乡长是交流干部,常住城里,在乡里冒面的时候不多。乡政府的日常工作,基本上靠常务副乡长郑小吕主持。乡里的干部群众,不知道为啥,都习惯叫他老郑。

前几天,乡政府又空降了一位副乡长,女的,年轻漂亮,据说是来镀金的。

这位女副乡长的名字蛮大气,叫傅正岚。

这回,乡政府的院落里可热闹了。

干部们叽叽喳喳,着实为了难,该咋称呼这位女副乡长呢?

叫她"傅"乡长吧,人家本来就是副乡长,有嘲笑人家的嫌疑;叫她"正"乡长吧,人家又不是正乡长;叫她"岚"乡长吧,人家偏偏又是个女的。

于是,干部们聚到老郑的办公室,商讨女副乡长的称呼问题。

新来的办公室主任最先发言:郑乡长,您主持工作,您拿个主意。

老郑一脸严肃地说:别叫我郑乡长,还是叫我老郑。

年纪最大的民政所长,赶紧帮老郑做了解释:你们不知道吧,咱们为啥一直叫老郑,而不叫郑乡长吗?当初,老郑刚调到乡政府的时候,咱们都叫"郑乡长",可一把手不高兴了,一山不容二虎,万万不能有两个正乡长。

国土站长脱口而出:当初,咋不叫"小"乡长?

众人齐刷刷地将眼光投向国土站长,大家心知肚明,这个称呼实在叫不出口。

财政所长是个毛头小伙,一向说话不过脑子:当初,咋不叫"吕"乡长?

老郑白了财政所长一眼:你拨专款,让俺去趟泰国,干脆给俺做个变性手术。

大家一阵窃笑。民政所长不紧不慢地做了总结:所以,这些年,咱们就一直叫老郑。

关于女副乡长称呼的这个事,传到了乡长的耳朵里,乡长不假思索地说:这个好办嘛,就叫人家"正岚"乡长吧。

干部们都说:还是乡长有水平。

砖　家

永安寿险公司的一位业务员,青春靓丽,落落大方,隆重热情地邀请老唐参加她们的新产品新闻发布会。盛情难却,老唐只好如期赴约。听说,今天的发布会,公司特意从省城请来了一位理财专家。

在理财专家闪亮登场之前,漂亮的女主持人隆重介绍了专家的光鲜头衔：

童小讲,28岁,毕业于武汉大学,研究生,资深理财规划师。

不愧是年轻的理财专家,口若悬河,头头是道,娓娓道来,大到国家政策,小至家庭投资,让人醍醐灌顶,激动不已。小伙子的长相也帅呆了,唯一的美中不足,就是普通话讲得不算标准。

那天,性格内向的老唐,也忍不住为专家鼓掌喝彩;最后,居然毫不犹豫地投资了十万块的保险新产品。

起初,老唐只打算买一万块的保险;会议商讨期间,那位美女业务员请来年轻的理财专家,结合老唐的经济实力,特意量身定做了一套"个性投资规划",精彩之极,前景迷人:投资一万块,不久的将来就是一百万;投资十万块,不久的将来就是一千万;百万只算起步,千万才是财富。您是想从现在起步还是直接拥有财富?

老唐说:那个时候,咱就跟做梦似的,空中满是飘着的"毛爷爷",眼花缭乱。

又一天,还是那位青春靓丽的女业务员,神神秘秘地跟老唐说:公司又推出了一款新产品,这回,每个参会的客户都有精美的礼物,如果您能邀请一位好朋友参加的话,公司还将给您奖励一个大红包。

老唐经不住美女的央求和诱惑,电话邀请了住在德山开发区的哥们老李。

会场上,还是上次那位从省城请来的年轻的理财专家。

当理财专家走上讲台的时候,老李慌慌张张地拉着老唐溜出了金碧辉煌的会场。

老唐丈二和尚摸不着头脑:老李,咋回事儿?

老李拽着老唐,闪身躲进卫生间,不住地喘着粗气:咱们被要了。那个小伙子哪里是什么理财专家，他就是我和小丽在年轻时候的私生子，以前我不是告诉过你吗？

老唐半信半疑：不可能吧？你没认错人？

老李拍着胸脯说：烧成灰化成水，我也不会认错。今年年初，我听小丽还讲过这个事，说咱那儿子应聘到保险公司当什么讲师了。

后来，老唐通过多方打听，终于证实了老李的话：

童小讲，28岁不假，高中没毕业，虽然没在武汉大学上过学，但在武汉大学赏过樱花；"研究生"是谐音"烟酒行"；公司内部培训中心曾经为他颁发过一张"资深理财规划师"的证书。

还有一个让人意想不到的秘密：前几年，童小讲一直在德山开发区的五一轮窑场负责烧红砖，据说烧砖的技术是一流的，那真是一个名副其实的"砖家"。

名　片

名片名片明着骗。

虽然现在通讯发达，网络方便，有微信，有QQ，有博客，但是某些正式场合还得礼节性地相互递上一张名片，以示尊重。

老唐一直没有印名片，不是不想印，而是不知道印什么头衔。他随便抽出几张同学和朋友的名片，不是副处长、处长就是总经理、董事长什么的。

老唐在一家人寿保险公司上班，老百姓对保险有成见，只要提到"保险"二字,基本上认定为"骗子"的代言人。每次聚会,同学们问老唐在哪里发财,他只好用低八度的声音,自己往自己脸上贴金:在市区一家金融单位混饭吃。

1

那天,老唐要参加省政府组织的重要研讨会,必须印名片。

起初,老唐准备印上"经理"二字,缘由是他当过市机关的部门经理,也下派到县公司任过一把手。可转念一琢磨,经理这个头衔太普通,大家都说:天上掉下一张桌子,准会砸死四个经理。老唐上班的人寿保险公司更是发挥到了极致:业务员第一天上班叫"见习经理",第二天改叫"初级经理",第三天管叫"中级经理",第四天就叫"高级经理",再后来居然添加了浓浓的行政色彩,叫什么"处经理"和"资深主管"。

打印店的老板娘催促着老唐:"随便想个什么头衔都可以,只要不印'国务院总理'就行。"

"那就印'行政级别:厅长'吧。"反正单位的同事也开玩笑叫他"唐厅长",他现在的具体职责就是分管公司的营业大厅。

2

那天,老唐参加了公司的一款新产品发布会,他不是正式会议代表,而是会议工作人员。走进会场,气派得不得了。会标更是耀眼:2016年全市总裁峰会。老唐如同发现新大陆一样,慌着,跑着,悄悄告诉会务组长:会标应该是"新产品发布会",不是"总裁峰会"。组长一脸严肃:绝对不会错。

看这架势,今天到会的都应该是大公司大企业的头头脑脑,老唐对这些风云人物的大驾光临满怀期盼。

唉?真是奇了怪,会场里竟然有好几个人是老唐认识的。

那不是小区门口饺子馆的张三吗?礼仪小姐接过张三手里的名片:张总,您这边请。

那不是隔壁菜市场卖肉的李四吗?礼仪小姐接过李四手里的名片:李总,您这边请。

那不是公司对面修鞋铺的王五吗?礼仪小姐接过王五手里的名片:王总,您这边请。

那不是高山街坑蒙拐骗的二麻子吗……

这些人啥时候摇身变成了总裁?

气愤之极,老唐赶紧重新印了张名片,在"行政级别:厅长"的下面加了一行字,即"公司职务:总裁"。

3

月底,好不容易熬到公司发工资。当接到银行手机短信时,老唐傻了眼,工资总额比上个月整整少了900元。

老唐慌忙开电脑,敲键盘,查询工资系统,明细中果然有一个扣减项目:捐款三项,共计900元,即车上人保险指标未完成乐捐300元,员工微信门店任务未完成乐捐300元,银行期交新产品上线销售未完成乐捐300元。

分明是处罚,咋就变成了乐捐?

老唐找领导理论,领导拿出文件,红头白纸黑字:所有"罚款"已被"乐捐"替换。

气愤之极,老唐赶紧重新印了张名片,在"行政级别:厅长"

和"公司职务：总裁"的下面添加了第三行字，即"社会美誉：慈善家"。

新印的名片是金晃晃的，老唐的心情是沉甸甸的。

体验式销售

前些日子，公司又给员工分摊了销售任务。掌嘴，掌嘴，打死也不能说是分摊，应该深刻领悟领导的观念：这是员工体验式销售，这是为员工谋求福利。

领导的动员报告鼓舞人心：公司绝对不会给员工硬性分摊销售目标，这完全是为了触摸市场，体验销售；公司绝对不搞强迫行为，一律自愿，这完全是为了员工创富，增加收入。

老唐是个爱面子的人。公司每天在内部网页上通报员工的销售进度，老唐尽管心里窝火，但又不想让自己的名字后面挂着零。

老唐是个爱较真的人。公司下发的文件写的是乐捐，实际就是罚款。老唐喜欢咬文嚼字，伸张正义：乐捐是自愿，不能搞强迫。

老唐是个双重性格的人。情绪要闹，牢骚要发，工作照常做。

这回销售的是一款最新的车上人保险，名称蛮大气：百万身价。一辆车只要 300 元保费，立马拥有百万价值。

老唐实在不想也不好意思找亲朋好友开口卖保险，总有一句话堵在他的心头：一人做保险，全家不要脸。

犹豫了半天，老唐鼓起勇气，拨通了铁哥们欧阳的电话：兄弟，不好意思，公司有任务，帮忙销一个指标。

欧阳明知故问：要钱不？

老唐的语气有些乞求：你是我最好的兄弟，不就三百块钱嘛！

欧阳绕回老唐的话：我是你最好的兄弟，你就送我一个指标呗，不就是三百块钱嘛。

老唐没有退路：也是，送就送吧，不就是三百块钱嘛。

挂了电话，老唐心里如同打翻了五味瓶。越想越不是滋味，大丈夫不为三斗米折腰，不就是五个销售指标1500元钱？钱乃身外之物，生不带来死不带走，老唐一咬牙一跺脚，自己买下五个指标，全部送人：欧阳一个，妹妹一个，弟弟一个，最要好的女同学一个。

老唐的最后一个指标，决定送给他高中时的恩师：老师，今天是教师节，学生送您一份"百万身价"的车上人保险。麻烦您将身份证号和车牌号告诉我，好吗？

恩师似乎有些为难：还要身份证号？不会是骗人的吧？为师接受不起什么"百万身价"，你师娘说千万莫上当就行。

天有不测风云，人有旦夕祸福。第三天，欧阳出车祸了。坐在副驾驶位置的欧阳的岳父，抢救无效，一命呜呼。

欧阳的老婆在电话里臭骂了老唐一通：你就是个煞星，好事不照顾，坏事做得绝，要不是你送什么狗屁保险，我爸也不会出事，兆头不好。以后咱们之间老死不相往来，你走你的阳关道，我过我的独木桥。

虽然老唐挨了一顿骂，但兄弟情谊这么多年，还是决定前往殡仪馆为欧阳的岳父吊唁。

老唐刚跨入殡仪馆的大门，欧阳的老婆领着一帮凶神恶煞的人，劈头盖脸，一顿暴打，老唐险些丢了性命。

老唐在医院里一躺就是半个月，出院的时候，手里紧紧地攥着一份"辞职报告"。

影 子

有人说影子是最忠诚的，形影不离，其实也不见得，那要看光芒照射的角度和强弱。在自然界，中午，影子变短小；下午，影子却斜长；黑夜，影子可能就没了。可在人世间，影子的长短和真假，完全可以任意操纵。

现在，有一种职业叫"影子"，据说，这种职业最先流行于人寿保险公司。

影子张，就是永安人寿保险公司聘请的专业影子。

晚报的记者花了大价钱，终于采访到了影子张。

记者：请您谈谈影子的主要工作职责？

影子张：全程参与，营造氛围，上下互动，抛砖引玉。

记者：能不能说点具体的事例？

影子张："全程参与"，就是保险公司每次召开的产品推介会，咱必须准时、全程参加；"营造氛围"和"上下互动"的具体任务，基本上差不多，当主持人讲到关键的地方，咱得高声叫好，就如同京剧票友一般的激动，当理财专家谈到核心的内容，咱得主动提问，就如同颜回求学孔子一样的真诚；"抛砖引玉"，咱在会议现场要迫不及待地带头买保险。

记者：每次都要带头买保险，哪有那么多钱？

影子张：影子，影子，不过装装样子。以前是拎着几万块的现金，当然，是保险公司提前给咱准备好的；现在不用这么麻烦，可以直接在会场通过 POS 机刷银行卡，散会以后，保险公司安排财务人员，再转回咱的银行卡上，分分钟的事儿。

记者：这不是蒙人吗？那保险公司肯定给了你不少好处费吧？

影子张：营销，营销，不过是营销手段而已。至于好处费嘛，保密，保密。

记者：在保险公司里，像你这样的影子多吗？每次产品推介会都有几个影子参加？

影子张：有咱影子张，那肯定就有影子李，具体人数咱也不是太清楚，保险公司和咱是单线联系。每次推介会的影子有多有少，如果高端客户多，影子自然就多，有时候也会"一对一"。

记者：最后一个问题，既然是"抛砖引玉"，就应该叫"引子"才对呀？

影子张：此"引子"是正大光明的，彼"影子"是见不得光的，毕竟咱这个影子有点鬼，古人不是说"人有形，鬼无影"嘛，咱就是这个鬼"影子"。

中奖专业户

保险公司又发礼品、又抽大奖啦……

听说，永泰人寿保险公司天天邀请客户开会，只要参加会议，见人就有礼，特别过瘾的是，那个抽大奖的环节火爆得很。

老唐是保险公司的忠实客户，手头至少买了几十份保单。家里的雨伞堆积如山，估计三代人也无须再为下雨天着急。这都是保险公司每次开会赠送的各式各样的雨伞。遗憾的是，老唐参加了这么多次会议，也抽了那么多次奖，却与大奖无缘，每每失之交臂，次次擦身而过，每次抽中的奖品，除了雨伞还是雨伞。

那个时节，满大街流行小巧玲珑的电动摩托车，款式各异，色彩斑斓。

保险公司见风使舵，立马组织抽大奖，奖品就是高级电动摩托车。

老唐理所当然地参加了抽大奖活动，结果是两手空空，这次电动摩托车的幸运得主，是一个叫海燕的美女。

那个时节，满大街流行运动版本的山地自行车，五颜六色，时尚酷毙。

保险公司见风使舵，立马组织抽大奖，奖品就是高级山地自行车。

老唐乐此不疲地参加了抽大奖活动，结果是涛声依旧，这次山地自行车的幸运得主，又是那个叫海燕的美女。

那个时节,满大街流行环保节能的电动小汽车,光鲜亮丽,安全可靠。

保险公司见风使舵,立马组织抽大奖,奖品就是高级电动小汽车。

老唐决然参加了抽大奖活动,结果是不言而喻,这次电动小汽车的幸运得主,还是那个叫海燕的美女。

每每看见那个叫海燕的美女抽中大奖的时候,老唐都心生疑窦,总感觉个中必有蹊跷。

于是,老唐干起了私家侦探的活儿。

功夫不负有心人,老唐终于查了个水落石出:美女海燕,是市区一家卖车行的老板娘,也是永泰人寿保险公司聘请的兼职托儿,在保险圈里,人称中奖专业户。

买保险了吗

钱总是一个生意人,听说这几年发了大财。他做生意没有固定的领域,前些年搞房地产开发,这几年兴办农家乐和度假村,最近又瞄上了有机蔬菜的规模种植,啥子赚钱就做啥子。钱总一向就是个弄潮儿,顺风顺水,日进斗金,如今是赚得盆满钵满,腰缠万贯,资产过亿。人逢喜事精神爽,钱总每天高兴地哼着《今天是个好日子》,哪怕那歌声跑调得无边无际。

这几天,钱总有些郁闷,不再唱那跑调的歌儿。据说,有一个保险推销员天天上门宣传保险,甚至好几次钱总去哪儿,保险推销员就跟到哪儿,如鬼缠身,阴魂不散。钱总这个人原本就对保险有些抵触,经过这几天的折腾,更是视保险为猛兽。

今天一大早,保险推销员就在钱总办公室的楼下徘徊。幸亏钱总远远地就发现了"敌"情,赶紧关掉手机,临时决定改变今天的工作计划,不去办公室,直奔地下车库,找几个哥们上茶楼打牌。总之,钱总的当务之急就是甩掉这个保险推销员。

钱总躲开保险推销员的视线,非常顺利地溜进了地下车库,刚才心情还很烦躁的他,突然觉得这种躲猫猫的游戏特别刺激,猛地从心底冒出了一份成功感,滋生了一种征服欲。

想着想着,钱总又小声唱起了《今天是个好日子》。掏出钥匙,打开车门,就在钱总的右脚刚跨进驾驶室的那一瞬间,保险推销员就跟孙悟空似的冒了出来,牢牢地拉住了他的车门。钱总的歌声戛然而止。

保险推销员似乎是在央求钱总:麻烦您今天把保单签了吧?风险无处不在啊。

钱总气愤地吼着:保险就是骗子,保险公司就是骗子公司。请你以后不要再来打扰我,我是绝对不会买什么保险的。难怪社会上都说"防火防盗防保险",真是一点不假,你看你,这几天弄得我连班都不敢上,我再也不想见到你,走开,赶快走开。

钱总吼完这番话,猛地推开保险推销员,驾着新买的宝马,风驰电掣地驶离地下车库。没想到真是倒霉,在宽阔的武陵大道上,车还只行进几分钟,钱总的新宝马就被一辆小奥迪追了尾。

钱总窝着一肚子的火,骂骂咧咧地下了车,第一句话就问追尾司机:买保险了吗? 赶快通知保险公司。

追尾司机懊悔地说:对不起,我这奥迪也是新车,还没来得及买保险。

花痴

自　杀

张奶奶,已过古稀之年,身体一天不如一天。最近这两年,常常梦见早已离她而去的老头,她心里明镜似的,人生在世的光阴已经不多了。

年轻那会儿,张奶奶和她老头都是航运公司的职工。那时节,没有修建高速路,铁道和航空也不发达,最兴旺的就是水码头。那个时候,人前人后,张奶奶是满脸自豪和怀抱幸福的。可是好花不常开,好景不常在,没过几年光景,水运码头衰落,航运公司破产,张奶奶和她老头双双下岗。为谋求生路,她老头跑到深山老林里,钻进一家私人煤窑当了苦工,屋漏偏遇阴雨天,小煤窑塌了方,她老头不幸遇难。从此,张奶奶和她女儿便成了孤儿寡母。

现在,张奶奶的后顾之忧,也是她最大的一块心病,就是五十岁的女儿晓莉。晓莉先天性侏儒症,没有经济来源,生活不能完全自理。这些年,全靠张奶奶那少得可怜的退休费维持日子,相依为命。

张奶奶整天焦心忧郁,眼见自个儿黄土掩齐了脖子,万一哪天撒手西去,没有家人,没有帮衬,就靠那一点低保的钱,女儿晓莉今后的生活该咋办?

有好心人给张奶奶出主意,赶紧帮晓莉买份养老保险,等她老了的时候,每个月就能够领到一笔固定的生活费。于是,张奶奶开始关心从未接触过的人寿保险,戴起那副搁置已久的老花镜,日日研究保险合同,夜夜琢磨保险条款。

张奶奶捡废拾荒,省吃俭用,卖掉了楼下的杂物间,终于买齐了两份保险:花五千块钱为自己买了一份五十万保额的身故保险,受益人是患侏儒症的女儿;专门为晓莉又投了一份年缴八千元的养老保险,要连续交足十年的保费,将来等到晓莉60岁的时候,每个月就可以领取600块钱的养老金。

自从买了这两份保险以后,张奶奶的脸上才有了少见的笑容。

让人意想不到的是,两年以后,张奶奶服用安眠药自杀。

张奶奶自杀前给女儿晓莉留下了一份遗书。

晓莉,莫怪妈妈狠心丢下你,妈妈不能陪伴你一辈子,总有一天会去找你爸爸。

妈妈已经买好了两份保险。

你的那一份养老保险,妈妈已经在保险合同里约定了"豁免"条款。你也许不知道啥叫"豁免"吧? 就是等妈妈走了以后,剩下的八年交费期,你就不用向保险公司交钱了。

妈妈的那份身故保险,你只要拿上妈妈的死亡证明,保险公司就会给你赔偿五十万块钱。保险合同里面有规定,妈妈已经用红笔标明了那句话:两年内自杀不负责赔偿……

半夜"机"叫

这几天,刘局长心神不宁,惶惶不可终日。

上周星期一的早晨,在办公室的门缝下面,刘局长发现一封塞进来的匿名信:你不仁,我就不义。你就等着检察院的电话吧。

这封匿名信没头没尾,一共两句话,还是电脑打印的。

刘局长绞尽脑汁,回想着每个有关联的人:

谢包头,不可能,虽然收了他二十万块的回扣,但市局机关和直辖分局合并办公后的翻修工程,让他也赚了个盆满钵满。

办公室的刘主任,也不可能,他提拔局长助理的事,那是板上钉钉,不过是迟早的问题,刘主任送他银行卡(五万块)的时候,早就已经跟他说得清清楚楚,明明白白。

覃小米,那也不可能,上个月刚给她买了一套两室一厅的房子,不是说好等年底离了再和她结婚吗?她也没怎么反对嘛。

除了这几件稍大一点的事以外,其他都是些鸡毛蒜皮的问题,也不至于告到检察院。谁这么缺德?

一个星期过去了,这七天对于刘局长来说,简直是度日如年。

这周星期一的晚上,刘局长心不在焉地在家看电视,这几天他也没心思和覃小米调情。11点,就在墙上的闹钟准点报时的刹那,刘局长的手机响了,声音特别刺耳。刘局长慌忙拿起手机,一个不熟悉的座机号码,他不想接也不敢接,手机的铃声持续响了将近一分钟。

刘局长坐立不安,来回在客厅里踱着凌乱的步子。

手机铃声再次响起,还是那个不熟悉的座机号码。是福不是祸,是祸躲不过,刘局长按着通话键的手指有些抖动:请问你是刘国华同志吗?

这句话似曾在哪里听过,好像当年提升局长的时候,组织部的领导找他谈话,也是这么叫的"刘国华同志"。

手机里传来的声音,震撼,穿透:明天上午 9:00,请您到市检察院反贪局来一趟,有些事情需要您的配合调查。

刘局长的手机掉落到了木地板上,他的整个身子如同一堆烂泥巴瘫软在沙发里。

足足半个小时,刘局长才缓过神来。

毕竟当过这么多年的局长,定力还是有的。刘局长慌忙地查找电话黄页薄:不会是有人搞恶作剧吧? 查查这个座机号码,到底是不是检察院的。

不查不知道,一查吓一跳:黄纸黑字,一字不差,还真是检察院的座机电话。

刘局长的脑海里一片空白,灵魂出窍,他鬼使神差地走向沿河大堤,纵身一跳,昏暗的夜晚,昏暗的河面,溅起昏暗的浪花。

第二天清早,当局里新招的信息技术员小张听到刘局长自杀的消息时,他的内心惊恐万分。

谁也不知道刘局长为啥要自杀。一时谣言四起,只有小张心里明白:那天,局里的内网系统突然瘫痪了,刘局长不问青红皂白,劈头盖脸地批评了小张一顿。刚参加工作的小张耿耿于怀,从此就记恨上了刘局长。于是,小张想到了一个恐吓和报复刘局长的办法,他花钱在网上购买了两款软件,一个是变声软件,一个是电话号码任意显示软件。

小张在日记里没头没尾地写着:我是杀人犯。其实,我真的只想吓唬吓唬他,没想到……

汇 报

今年,是田副科长任部门副职的第 9 个年头。当年和他一起打拼的同事,有的已经调到省局任处长,有的已经提了市局副局长,再不济的,也下派到县局当局长了,就只剩下田副科长,还在原地踏步。

为职级提拔的这个事,田副科长的老婆没少在他面前发牢骚,甩脸子。田副科长自己更是烦恼不已,忧心忡忡。

究竟出了啥问题?症结又在哪里?田副科长一直弄不明白,摸不清楚。

要说工作能力,田副科长是局里公认的一把好手,能说会写,执行力强,责任心强,年年评为局里的"先进工作者";要说人脉关系,田副科长在局里也是非同一般,就说现在的一把手荣局长,当年就是田副科长的直接分管领导,荣局长在任副局长的时候也蛮器重田副科长;再说前任一把手杨局长,早几年已经荣升为省局的副局长,田副科长还当过杨局长三年的贴身秘书,当年可是杨局长身边的大红人。

那天,现任一把手荣局长的秘书小张喝醉了酒,习惯性地附在田副科长的耳朵边,悄悄泄露了天机:问题就出现在"汇报"

上。

田副科长追问小张：兄弟，究竟是咋回事？

小张故作神秘地说：其实，杨局长在任的时候，曾经在党委会上，讨论过提拔你的议题，被当时分管你的领导荣副局长一票否决了，冠冕堂皇的理由是"尚不成熟"。不过真正的原因，听荣局长私下里说，你就是定位不准，经常越过他，向一把手杨局长汇报工作，说你是典型的"目中无人"。

田副科长觉得着实委屈：以前是我做得不好。可是荣局长当一把手以后，我一直是坚持向分管局长汇报，从来就没有越级打扰过荣局长啊？

小张拍拍田副科长的肩膀，蛮有些领导的派头：问题的根源就在这里。自从荣局长担任一把手以后，你就没有向他汇报过一次。听荣局长私下里说，你就是定位不准，这是典型的"目中无人"。

瞬间，田副科长似乎有了悟性：明天就向荣局长汇报，明天……

见风使舵

"刘局长"真实的职务是局长助理，下属们故意叫"刘局长"，他也乐意接受这个耀眼的称呼。

大家背地里都叫刘助理"马屁精"，说他最大的本事就是会拍马屁，见风使舵。现在的一把手荣局长是他的伯乐，他是荣局长忠实的跟屁虫。他从县局就跟随荣局长，奴颜婢膝，不离不弃；荣局长升任市局的局长以后，理所当然，县局的刘科长，便摇身变为市局局长助理。

据说，荣局长最初也比较反感刘助理的溜须拍马。

每天上班，刘助理总会毕恭毕敬地站在门卫室，迎候荣局长：领导，早上好，瞧您满面红光，气色真不错啊！

接待室，荣局长一脸笑容地与下属谈话，刘助理总要没话找话地赞扬一番：您真是一位平易近人的好领导，特别有亲和力，您在这方面优秀得无可挑剔，您能不能教教我？

会议室，刘助理总会不失时机地解解荣局长的闷：这条领带太适合您了，肯定很昂贵吧？您的毛衣真不错，暖色调，让人看着都亲切。

后来，赞扬的话听得太多，荣局长也就慢慢习惯了；再后来，荣局长不仅没了反感，而是一天听不到刘助理的恭维话，就感觉浑身不自在，生活里缺点什么味道，如同一盘佳肴忘了放盐，寡淡寡淡的。

局里召开"两学一做"阶段研讨会，刘助理主持会议，这是荣局长赏赐给他的荣耀。

今天参会的有一位局党委新成员，上周刚刚从省局下派到位的常务副局长肖华，刘助理貌似礼节性地请肖副局长首先发言。

肖副局长呈现出一幅忠厚实干的状态，没有客套，没有官腔，直奔主题：一是市县两级班子分工不合理；二是少数县局党委书记搞一言堂；三是……

这个时候，只见荣局长眉头紧锁，一脸凝重，还时不时地摇动脖子。

刘助理见状,凭他多年察言观色的本领,可以断定荣局长已经不高兴了。

刘助理充分利用主持人的权利,委婉地插话:肖副局长,有些问题能简单就简单点,不一定谈得那么详细。

肖副局长没有理会刘助理的提示,继续发言……

这个时候,只见荣局长依然眉头紧锁,一脸凝重,不断地左右摇动脖子。

刘助理见状,凭他多年察言观色的本领,可以断定荣局长对肖副局长的发言着实不满。

刘助理再次利用主持人的权利,严肃地打断了肖副局长的讲话:您来市局的时间不长,有些问题可能不是您想象的那样。毛主席说得好,没有调查就没有发言权。

肖副局长面呈怒色,停住了他的发言,似乎是在自我调控情绪。

会场静得可怕,其他几位党委成员低着头,一个个装着看报告的样子。刘助理却如哈巴狗似地望着荣局长。

荣局长有些尴尬:肖副局长前面的发言确实不中听……

刘助理小声地得意地随了一句:我就说嘛,问题没有肖副局长说的那么严重。

荣局长没有搭理刘助理的帮腔,接着说:虽然肖副局长的发言不中听,但存在的问题是摆着的事实,必须承认,必须剖析,必须整改。在上任短短的七天时间内,肖副局长就调查发现了问题的核心所在,这种务实的精神值得提倡,值得学习。我十分赞同肖副局长今天的发言意见,请继续……

刘助理的脸色从红润刷地变成纸白,倍感寂寞,孤立无援。

散会以后,刘助理忐忑地挪进荣局长的办公室:领导,今天肖副局长讲话的时候,您不是一直摇头吗?为啥又说支持他的发言?

荣局长面无表情地答道:我一直就很支持肖副局长的发言,有什么问题吗?

刘助理慌乱地追问:那您又一直摇头?

荣局长神情淡定地说:那是我的颈椎病犯了,脖子疼得厉害。对了,你以后要多向肖副局长学习,他可是空降兵啊。

这回,刘助理懊悔不已:风向预测有误,第一次使错了舵。

走出荣局长办公室,刘助理沉默无语,如一只撞闷的野鸡。

举 报

爆炸新闻,昨天下午,县纪委请钱副局长谈话。小道消息说:有人匿名举报钱副局长,举报内容为经济问题——虚列困难农户名单,贪污特困金 5000 元。

重大消息,今天上午,县纪委请孙副局长谈话。内部人士说:有人匿名举报孙副局长,举报内容为作风问题——长期约会女大学生,还有暧昧照片为证。

钱副局长和孙副局长,是县民政局的两位领导,钱副局长还是局里的常务副局长,局里局外,两位副局长的口碑一向蛮好,沉稳可靠。目前,县民政局一共有四位班子成员:一把手赵局长,即将到龄,年底退休;还有一位排在第四的李副局长,年轻,上进,有朝气,就是办事有点急于求成。

虽然是匿名的举报信,但县纪委坚持一查到底。

纪委工作人员:钱副局长,按照举报信息,我们前往鳌山乡荷花村,现场取证,全村没有叫周友德的困难农户。请问,特困金5000元,到底是谁领走了?

钱副局长:荷花村的周友德,是全县有名的困难农户,确有此人。不过,这个周友德,不是鳌山乡荷花村的,而是八里乡荷花村的。

纪委工作人员,兵分两路,奔赴民政局和八里乡,核对属实。钱副局长一身正气,从县纪委阔步走出来。

纪委工作人员:孙副局长,请你仔细看看这张照片,解释解释这是怎么回事?

孙副局长:估计这张照片是举报人抢拍的。照片上的人,确实是我,挽着我手臂的这个女孩,是我战友的闺女莉莉。

纪委工作人员:战友的闺女? 能说具体点吗?

孙副局长:莉莉她爸,就是我在部队最好的战友。前几年在四川地震抢险中英勇牺牲了。莉莉她妈忧郁成疾,去年初,癌症晚期撒手人寰。莉莉便成了孤儿,我和县里的战友们商量,就共同担起了照顾莉莉的责任。莉莉现在省文理学院念书,我和战友们轮流去看望她。这丫头乖,她也管我叫"爸"。

纪委工作人员迅速查证:孙副局长没有说半句假话。

这场风波总算过去了。

县民政局赵局长,资历老,脾气大,强烈要求县纪委查处匿名举报人。

县纪委的工作人员毕竟是办案老手,顺藤摸瓜,没费多大工夫,就有了结果。这两封举报信,都是同一家快递公司邮寄的。先是找到揽件的快递员,再是调取沿途监控录像,最后发现,寄件人竟是县民政局年轻的李副局长。

县纪委请李副局长谈话。在铁证面前,李副局长交代了举报动机:赵局长不是要退了嘛,可挡在我前面的障碍,还有钱副局长和孙副局长。那天,我在钱副局长办公室,偶然看见一份名单,其中有荷花村困难农户周友德。我就出生在熬山乡荷花村,从来就没听说过有这么一个人。于是,我怀疑钱副局长虚列名单,捞取油水。

县纪委工作人员:那孙副局长的照片又是咋回事?

李副局长说话变得紧张和结巴:我,我,我真的不知道,原来莉莉是孙副局长战友的女儿。这张照片,是省城的一个老同学给我发的微信。老同学告诉我,上个月的一个周末,他路过省文理学院门口,碰巧看见孙副局长和一个女学生在一起,两个人显得特别亲热。于是,就用手机抢拍了这张"暧昧"照片。

年轻的李副局长,从县纪委回来没几天,就被市纪委"双规"了。据说,是市局的一位领导东窗事发,供出了李副局长向他行贿的问题。

就在李副局长"双规"期间,赵局长提前退位,常务副局长钱局长接任一把手,孙副局长荣升常务副局长。

高　手

雷志勇是局里信息技术科副科长,电脑技术一流,监听和窃录手段尤为高明。他时不时地爆料一些录音和视频,而且还是猎取的领导的私生活,经常小范围地在同事们面前好不得意地炫耀。现在,连局里的女员工上个厕所,也紧张得要四处检查一遍,生怕这位信息高手安装了针孔摄像头。

雷副科长的同事们都说:高手藏在民间。

前年年底,雷副科长向一把手刘局长汇报个人思想,恰到好处地递给刘局长一个大红包。刘局长心领神会,掷地有声:明年一定帮你挪挪位子。

人逢喜事精神爽,雷副科长欢天喜地过了一个好新年。

去年年底,信息技术科换了新科长,雷志勇还是副科长。雷副科长又向刘局长汇报个人思想,语气中多少带点情绪:领导,这时间似流水,一晃一年就过去了,今年早点跟您拜个年。一个小红包,不成敬意,还望笑纳。

刘局长的面部表情略显尴尬:小雷,莫急,今年人事上有点特殊情况,明年一定帮你挪挪位子。

对刘局长信誓旦旦的承诺,雷副科长似乎高兴不起来。

今年,信息技术科又换了新科长,雷志勇还是副科长。雷副科长生了气,急了眼,昏了头,决定发挥特长,收集受贿证据。

雷副科长提前打开手机录音开关,佯装向刘局长汇报个人思想:领导,这都过了两年,我个人的事还请您多关照。这是五千块的红包,钱不多,一点心意,让您费心了。

雷副科长特意强调了红包金额,据说,受贿金额达到五千,相关部门就可以立案调查。

刘局长爽快地收下红包,非常镇静地说:你还年轻,机会有的是,你的事,我一定放在心上。

雷副科长从刘局长办公室出来之后,迅速按下手机录音的保存键,连同提前写好的举报信,直奔市纪委。

过了两天，出乎意料的是，雷副科长被市纪委传唤谈话，刘局长却稳坐办公室。

原来，雷副科长提供的录音，空白无声，举报证据无效。倒是市纪委工作人员递给雷副科长一段手机视频，是关于刘局长私人场所的生活录像。市纪委工作人员义正词严地警告雷副科长：一是不得随意诬告别人，否则，将追究法律责任；二是严禁个人非法监视、窃听、窃录别人的隐私。

后来，有人传言，刘局长早就防备了雷副科长，在办公桌的下面，安装了录音和视频干扰器，雷副科长交给市纪委的手机录音，自然就变成了空白。当市纪委工作人员秘密找刘局长谈话的时候，刘局长反告雷副科长侵犯他人隐私权，并呈供了在小范围内流传的手机视频。

这回，雷副科长偷鸡不成反蚀一把米，走出市纪委的大门，他如同霜打的茄子，一个人神经质地自言自语：谁说高手藏在民间，其实高手出自官场。

鬼 债

局里人都知道，李科长曾经有三个铁兄弟：颜副局长、陈科长和白科长，可如今这三个铁杆却与他阴阳相隔。

李科长荣升为李副局长，搬进了新的办公室。

可自从李副局长搬进了这间宽敞的办公室以后，白天头疼不止，晚上噩梦不断。

局里有人议论:这间办公室闹鬼。

李副局长的这间办公室,以前是颜副局长办公的地方。颜副局长三年前英年早逝,听说是间质性肺炎致死。

那天深夜,李副局长在噩梦中惊醒。梦见颜副局长向他讨债:李副局长,三年前,你打麻将欠我 3000 块的赌债,至今未还。那时候,你是财务科长,还记得这事不?现在你都是副局长了,总不能赖账不还吧?

李副局长梦中急忙承诺:有这事,一定还。可我咋还给你呢?

颜副局长冷冰冰地丢下一句话:你就替我女儿交了这个学期的生活费吧。

第二天早晨,李副局长想起昨晚的梦境,回流了一身冷汗。

李副局长讲"诚信",真的去了学校食堂,替颜副局长的女儿交了 3000 元的伙食费。

第二天晚上,李副局长睡了一个安稳觉,从来没有睡得如此踏实和香甜。

没过几天,李副局长"旧病复发":白天头疼不止,晚上噩梦不断。

又是一个深夜,李副局长在噩梦中惊醒。

只见颜副局长领着陈科长在梦中转悠。两年前,陈科长就在一场车祸中意外丧生,车上还有他的小情人姚丽莉也一起遇难。梦里,这回颜副局长没有说话,只听见陈科长背对着李副局长说:姚丽莉,你还有印象不?她说十多年前,你趁她喝醉酒以后,曾经占有过她,她在地狱也不会放过你。

李副局长梦中急忙告饶:我罪孽深重,朋友妻不可欺,兄弟"蜜"不可采,还请兄弟放我一马,指一条明路。

陈科长一直背对着李副局长,可能是陈科长当年出车祸毁了容,不敢也不愿面对面。

这时候,梦里隐约飘出姚丽莉的声音:那次伤害,就怀上了你的孩子。孩子今年上初中,你若有心赎罪,就尽点父亲的义务,管管孩子的学费吧。

李副局长有"担当",自此以后,孩子的学费从没耽误过。

李副局长又睡了一些时日的安稳觉。

好景不长,李副局长"旧病"又"复发":白天头疼不止,晚上噩梦不断。

还是一个深夜,李副局长在噩梦中惊醒。

这回,颜副局长领着白科长在梦里转悠。一年以前,白科长本来已入选副局长提拔对象,关键时刻被人匿名告状,污蔑受冤,郁闷发病,吐血而亡。颜副局长还是没说话,白科长气愤地叫嚷着:这个副局长怎么当上的,你心里应该清楚吧。你是踩着我的尸体,才爬上副局长这个宝座的。你若有心赎罪,就赶紧提拔提拔我的儿子。

原来,白科长死了不久,他的儿子大学毕业,顺利地考进局里的办公室。

李副局长够"义气",前不久,突击提拔白科长的儿子,当上了局办公室副主任。

李副局长的"旧病"再也没有"复发",白天头也不疼了,晚上噩梦也不做了。

局里,上上下下都竖起大拇指:李副局长是个大好人,不忘兄弟情谊,乐于助人做好事,真是活菩萨转世。

李副局长在人们的一片"赞扬"声中,"好事"继续在做,"鬼债"继续在还。

书　记

赵耀祖是同心村的党支部书记，一向顺风顺水，潇潇洒洒。前年，全县撤乡并村以后，赵耀祖就升格为党总支书记，更加如鱼得水，威威武武。

赵书记是全县乃至全市响当当的人物，一直是支部书记中的一面红旗。这些年，赵书记带领全村老老少少，艰苦创业，发家致富。在农业上，土地集中，规模生产；在企业上，寻找项目，兴办厂矿；在三产上，修建度假村，大搞农家乐；现在的同心村已经提前两年迈入了小康社会。

赵书记一直是大家公认的能人、红人、领头人，村里乡内，威信高，名望大。赵书记一切都好，就是有个"爱虚荣、讲排场"的毛病。人前人后，赵书记总爱端着架子，总喜欢村干部前呼后拥，总想得到村民们的尊重和奉承，总觉得自己就是地球的最中心。

前些日子，听说县委书记和市委书记大换血，赵书记就想先到县里再去市里拜访拜访，混个脸熟，留个印象。这些年，只要上面的书记有变动，赵书记保准是第一个报到的支部书记，这是他的为官之道。

每次进县城，赵书记都住在县委接待处，总觉得住接待处要比住外面的宾馆有面子，这次也不例外。每次进接待处，赵书记走在最前面，既像领导又像老板；妇女主任兼任秘书，提公文包，端茶杯子；治安主任兼任保镖，身着西装，眼戴墨镜；村会计兼任司机,开关车门,点头哈腰;这次也不例外。

每次见到这个阵势,接待处前台经理小李,就知道是同心村的赵书记大驾光临。

赵书记一行四人,派头十足地走进接待处大厅。就在赵书记侧过头和小李打招呼的瞬间,和迎面走出来的两个领导模样的人,不偏不斜地撞了个满怀。

治安主任见状,盛气凌人地嘟囔了几句:你们是谁? 走路不长眼睛,不认识我们赵书记?

那两个人礼貌地道歉:对不起,对不起。

这时,旁边的一位年轻人,箭步迈到赵书记的跟前:赵书记,我是小覃,不认识我了?

赵书记一愣,反应还算敏捷:哦,你是覃秘书,县委书记的秘书,咋不认识呢?

覃秘书赶紧附在赵书记的耳朵边,窃窃私语:刚才那两个人,高一点的是新任的市委书记,矮一些的是今天刚报到的县委书记。还不赶紧领着你的人去道个歉?

等赵书记追到大门口的时候,市委书记和县委书记已经上了车。

没过几天,全县召开党员领导干部作风整顿大会,同心村的赵书记被现场免职。

赵书记,不,赵耀祖懊悔地粗鲁地埋怨了几句:俺这个村支部书记,真是倒血霉,咋就偏偏撞上了市委书记和县委书记?

站在赵耀祖旁边的治安主任无精打采地说:你不就是专程来见市委书记和县委书记的吗?

捐　款

局里又在组织募捐活动。

老唐已经记不清这是今年的第几次捐款。从年初到年底,希望工程、民生工程、资助大学生、养老院、特困户、大病员工,一个捐助接着一个捐助。

这次活动的名目:为局里的扶贫点村捐款。

市政府下发了文件,扶贫点村的后盾单位,必须捐助多少多少资金。

局领导犯了愁,费用紧张,实在没钱扶贫。

一把手李局长召开党委会,集体出主意:发动职工捐款。

这个主意太老套,职工们怨声载道:私人捐钱,单位露脸。老唐对这种方式尤为不满。老唐说:要就组织职工奔赴扶贫点村,"一帮一"结成对子,职工与困难户面对面地扶贫。

老唐职小位卑,没有一个领导采纳他的建议。

当天,局里组织了职工捐款动员大会,内部网页上飘出了《扶贫捐款倡议书》。

第二天,全局 92 个职工,主动捐款的只有 5 人:局党委 5 个班子成员。

第三天,李局长再次召开启动大会。局办公室牵头,组织现场募捐。会场一阵骚动,借口上卫生间的职工有 78 人,除了 5 名班子成员以外,只有 9 人现场捐款。捐款金额,不是三十就是五十,这 9 个人都是局里的科长们。

第四天,局办公室发布通告:捐款拟定标准,局班子成员每人 1000 元,科长 500 元,副科长 300 元,一般职工 200 元。

主动捐款人员,还是寥寥无几。

第五天,局办公室安排专人,逐人上门收取,老唐碍于情面,捐了 50 元。

第六天,内部网页上飘出《职工捐款金额排名表》,老唐排在副科长的最后一名。

第七天,分管领导"约谈"老唐:这次捐款是政治任务,你现在的职务是副科长,一定要有政治敏感度。

老唐固执地辩解:捐款不能搞强迫,捐与不捐,捐多捐少,个人自愿。

第八天,一把手李局长"约谈"老唐:精准扶贫,是国家推行的大政策。你是党员,又是局里的中层骨干,一定要与局党委保持高度一致。

老唐依然固执地辩解:捐款不能搞强迫,捐与不捐,捐多捐少,个人自愿。

第九天,局里刚好发工资。老唐发现工资卡里,比上个月少发了 250 元。

九九八十一关,老唐还是"捐"出了 300 元,这是局里"拟"定的副科长捐款标准。

一张火车票

最近,老唐因为一张火车票,摊上了大事。

上个月,单位的一把手刘局长任期届满,按惯例,须全面接受上级部门的离任审计。刘局长一向两袖清风,公私分明,廉洁自律,加之财务的陈科长办事坚守原则,账目一清二楚。审计组进驻单位十多天,没有发现任何违规问题。领队的审计组长似乎有些失望,又好像有些庆幸。

就在审计组准备撤离的那天上午,审计组长从堆积如山的账簿中,随手翻阅,突然发现了一个逻辑问题:2011 年 12 月 12 日,一张常德至长沙的单程火车票,金额 29.5 元,事由为出差,报销人老唐。可审计组长觉得不合逻辑,应该还有一张长沙至常德的返程票才对。

审计组长迅速召开审计人员会议,要求彻查老唐的这张火车票的问题。

审计组长亲自询问刘局长:老唐出差为何只有单程的火车票?

刘局长憨厚坦诚地说:每年出差的人次那么多,单说老唐每年就有一半的时间出差在外,何况事隔五年之久,咱实在记不起具体情况。

审计组长又亲自询问了老唐,老唐的回答和刘局长基本一致,也没说出个子丑寅卯。

为了弄清这张火车票的问题，审计组和单位成立了联合调查小组。

于是，单位上下，一时间谣言四起，众说不一。

有人说：老唐虚报火车票。

也有人说：老唐联合财务人员，变相报销，套取单位费用。

还有人甚至展开了丰富的联想：老唐出差是事实，可当天出差没有当天回，在省城私会情人，耽误了两天时间，不敢报销返程火车票。

其实，老唐为人忠厚，工作敬业，在单位的口碑也蛮好。可现在的人，只要一有风吹草动，就会大做文章。

老唐听到这些流言蜚语，郁闷，委屈，生气，愤怒。老唐的夫人也听到了这些流言蜚语，又吵又闹，扬言要和老唐离婚。

老唐找到审计组长，忍气吞声，主动退回 29.5 元，想尽快平息这场风波，可审计组拒绝接受这笔车票钱。

审计组长严肃地告诫老唐：这不是钱的问题，而是要弄清问题的真实性。

对于这张单程火车票，老唐实在做不出合理的解释，也拿不出充分的证据。审计组最后只能定性为虚报费用，并将问题计入了审计底稿，等待上级部门的处罚通知。

一时间，老唐在单位同事的眼里，不再忠厚，也不再敬业，还有人猜测：这仅仅是已经查出来的一张火车票，不晓得老唐以前虚报了多少费用，可能上万也可能几十万，真是"人不可貌相"。

审计组终于要撤了，正当刘局长和审计组长握手告别之时，刘局长的司机小赵，拄着拐棍，一瘸一跛地走到两位领导面前：那张火车票的事，冤枉了老唐。咱可以作证，老唐从长沙回常德是搭的单位的顺风车。咱有记流水账的习惯，那一回是咱开的车。这是咱的日记,请领导过目。

原来,在单位刘局长离任审计期间,恰碰司机小赵出车祸住进了医院。小赵在医院听说老唐的这件事情之后,好像有些印象,便查看了出车日记:2011年12月12日,送刘局长上省党校学习,返程顺带老唐回常德。

刘局长和审计组长面面相觑。

单位的同事议论纷纷:咱们就说老唐不是这种贪小便宜的人。

花
痴

打　卡

安装在公司电梯口的打卡机,灰尘越积越多。

这两年,公司里的一部分员工上班吊儿郎当,慵懒散漫。特别是迟到和早退的人员,比比皆是。所有员工在上下班的时候,出入电梯口,视打卡机而不见,形同虚设。这让新上任的老板着实有些头疼。

新任老板立即集合班子成员,召开诸葛亮会,建议献策,共商大计,整顿上班纪律。班子会议商讨了足足一个上午,大家终于形成了一致意见:安装智能打卡机,运用高科技,严格执行考勤制度。

其实,当初公司刚安装打卡机时,坚持了好一阵子,开始还真有点效果。可后来,每到人力资源部统计考勤的时候,张三下县督导,李四出差开会,王五培训学习,每一位缺勤人员都能找出冠冕堂皇的理由。再后来,打卡的员工越来越少。月底,人人都能说出一大堆的特殊情况。如此这般,打卡考勤热闹了三四个月,不了了之,打卡机上的灰尘便越积越多。

这回,新任老板动了真格。全市系统全覆盖地安装了最新一代的智能打卡机,即可刷脸出勤,也可指纹打卡,还可微信定位。公司出台了配套政策:每天四次打卡,迟到和早退,按标准扣罚工资;每月自动统计,直接与绩效工资挂钩考核。

公司有那么几个"油条"员工,不以为然,看老皇历,认为这也就是新领导吓唬吓唬员工们的老办法,依然如故,我行我素,想起来就打卡,忘记了也无所谓。

一个月过去了。发放工资的那天,这几个"油条"员工突然炸了锅,发现工资比平时少了一大截,吵吵嚷嚷,说是要找老板理论理论。新任老板坐在办公室等了大半天,可也没见进来一个人。

新任老板哑然失笑,出乎意料,也在意料之中。

第二个月,发放工资的那天,全公司居然没有一个人扣罚考勤工资。人力资源部经理报告新任老板:本月全员满勤。

第三个月,发放工资的那天,依然全员满勤。新任老板疑惑重重:上周五下午,明明发现丁聪早退了半个小时;本周一早晨,亲眼看见张军上班没打卡,咋就会是全员满勤呢?

新任老板从考勤系统里调出员工考勤明细,白纸黑字,真真确确,全员满勤。丁聪没有早退记录,张军也有刷脸影像。新任老板和人力经理面面相觑,一头雾水。

第四个月,坚持考勤的员工越来越少。到了月底的时候,几乎没人打卡,也无人刷脸。可等到发放工资的那天,考勤系统竟然又显示"全员满勤"。

公司员工哑然失笑，出乎意料，也在意料之中。

工资刚刚发放到卡，那几个"油条"员工便偷偷溜出公司，齐聚一家小餐馆，举杯庆贺。

丁聪满脸自豪：咱从网上淘的自动打卡软件神奇不？

众哥们异口同声：丁大神。

张军一脸兴奋：缺了咱这个电脑专家，再神的软件不是也植不进公司的考勤系统？

众哥们连连称赞：张大神。

如此这般，打卡考勤又热闹了三四个月，寿终正寝。

安装在公司电梯口的智能打卡机，灰尘也越积越多。

一句话的事儿

张斌是保险公司的一名普通员工，工作之余，喜欢写点小文章，常有"豆腐块"见诸报端。

这段时间，张斌迷上了一句话小说。这是微小说里的一种创新写法，看似段子又非段子，就是用三两句话完成小说的关键要素。

上个月，张斌就在当地的晚报上发表了两则一句话小说，内容均与保险有关。

一则题为《自杀》

七十多岁的老母亲，省吃俭用，花五千块钱为自己买了一份三十万保额的保险,受益人是患侏儒症的女儿。两年以后,老母亲自杀。据说保险合同里有一句话:两年内自杀不负责赔偿……

一则题为《买保险了吗》

开车前,刘总不耐烦地甩开保险推销员:防火防盗防保险。途中,追尾。刘总下车第一句话就问追尾司机:买保险了吗?

保险公司的总经理阅读了当天的晚报,拍案叫绝:张斌的一句话小说写得好,这是宣传保险的最佳途径,这也是老百姓喜闻乐见的最好形式。

没过几天,总经理一脸喜庆地说了一句话:祝贺张斌荣升公司办公室副主任。

张斌受宠若惊,暗下决心,多写一句话小说,写好一句话小说。

张斌当上办公室副主任以后,利用业余时间,又在当地的晚报上发表了两则一句话小说,内容均与保险有关。

一则题为《砖家》

童小讲,保险公司新招的讲师,每次为客户讲课的包装身份都是资深理财"专家"。可有人发现了一个意想不到的秘密:童小讲加盟保险公司之前,一直在郊区的轮窑场负责烧红砖。据说烧砖的技术是一流的,那可真是一个名副其实的"砖家"。

一则题为《中奖专业户》

保险公司经常组织客户抽奖,有心人发现:每次中头奖的都是一位叫海燕的美女。这位有心人明察暗访,终于弄了个水落石出:美女海燕就是保险公司聘请的兼职托儿。在保险圈里,人称中奖专业户。

保险公司的总经理阅读了当天的晚报,拍案而起:这个张斌胆大包天,泄露公司商业机密,是可忍孰不可忍。

第二天,总经理一脸严肃地说了一句话:免去张斌办公室副主任职务。

早　退

这段时间,客户服务部有不少员工上班吊儿郎当,不是迟到就是早退,大有蔓延之势。

部门负责人李经理,刚刚从监察内控部调到客户服务部,见状,大发雷霆。新官上任三把火,李经理的头把火,就是整顿上班纪律。

李经理,虽然是一位美女领导,但办事蛮有男人气概:风风火火,雷厉风行。她立马召开部门员工会,专题宣导考勤制度:到岗晚于规定时间 30 分钟以上的,按迟到处理;离岗早于规定时间 30 分钟以上的,按早退处理……

李经理通过明察暗访,发现经常迟到和早退的,也就是那么几个"惯犯"。尤其是老丁,每天既迟到又早退,一粒老鼠屎坏了一锅汤,影响极坏。

李经理"约谈"老丁。老奸巨猾的老丁,态度极好,点头称是,说以后一定注意。

有人向李经理反映:自从您找老丁谈话以后,这几天,他在下班之前，紧紧地盯着墙上的挂钟，离下班 29 分钟的时候，一分钟不多，一分钟不少，他便"逃之夭夭"。

李经理再次"约谈"老丁：为啥老是要早退？

老丁倚老卖老，镇静地回答：没有早退啊，我是公司的老员工，一向按制度办事。不是 30 分钟以上才算早退吗？

李经理无言以对。

第二天下午 5 时，李经理蹲在老丁的办公室门口，守株待兔。

果然不出所料，没过 1 分钟，老丁就拎着包，准备"正点下班"。

李经理堵住老丁：还没到时间，你咋就下班？

老丁理直气壮地：现在是下午 5 时过 1 分，离 5 时 30 分差 29 分，按照规定应该不算早退吧？

李经理严肃地问：请看看你的手机，现在是什么时间？

老丁拿出手机，惊奇地发现，手机显示 4 时 56 分。

老丁莫名其妙，一头雾水：刚才，我明明看见挂钟的时间是 5 时过 1 分，怎么现在手机显示 4 时 56 分？

李经理坦诚地说：你办公室的挂钟，我安排人调快了 5 分钟。

老丁羞愧难当，哑口无言。

从此，老丁再也没有早退过。

鬼　城

　　市郊区又开发了大片大片的楼盘,郊区的土地被征用一空,农民无地可种,生计出现危机。

　　于是,菜农赵二狗聚众闹事,一群保安"失手"打死了赵二狗。因为出了人命,所以那片楼盘再也卖不出去;当然,即使没出人命,就是楼盘再多再漂亮,人们也没钱买楼,菜农也买不起楼。夜晚,那片楼盘乌漆墨黑,沉寂得让人起鸡皮疙瘩。

　　从此,漫天谣言,说赵二狗的灵魂要在那里寻找"替身",那片楼盘便成了人们传说中的鬼城。

　　谣传赵二狗变成了冤死鬼,死不甘心,托鬼使和神差的关系,才得以见到阎王爷:俺要告状,告开发商钱总,就是他廉价占用了俺的菜地。

　　阎王爷为"鬼"做主,派鬼使和神差召来了开发商钱总的灵魂:为何廉价占用赵二狗的菜地? 如实招来。

　　钱总委屈地说:俺也没办法,国土部门严控土地开发,俺得花高价从孙局长手里弄地皮啊。二狗兄弟,你也莫怪俺,要怪就怪孙局长太贪。

　　阎王爷说办就办,派鬼使和神差召来了孙局长的灵魂:为何贪赃枉法? 如实招来。

　　孙局长委屈地说:俺也没办法,李副市长把关城建批复,俺得花高价打开市长那笔头的缺口啊。钱总,你也莫怪俺,要怪就怪李副市长太贪。

阎王爷雷厉风行，派鬼使和神差召来了李副市长的灵魂：为何置党纪国法于不顾，贪得无厌？如实招来。

李副市长委屈地说：俺也没办法，妻妾成群，要养家糊口啊。就说孙局长的秘书小王给俺介绍的周凤英，周凤英再给俺介绍的武美丽，武美丽又给俺介绍的郑翠花，那是一个比一个会花钱，都是一盏盏不省油的灯。

孙局长不敢相信自己的耳朵，如五雷轰顶：你说谁？周凤英不是俺老婆吗？

钱总也不敢相信自己的耳朵，如五雷轰顶：你说谁？武美丽不是俺老婆吗？

赵二狗更不敢相信自己的耳朵，如五雷轰顶：你说谁？郑翠花不是俺老婆吗？难怪这个臭婆娘一脚就蹬了俺。

赵二狗哪里受得住这种窝囊气，光脚不怕穿鞋的，狠狠地揍钱总：看你老婆还缺德不缺德？

接着，钱总就狠狠地揍孙局长：看你老婆还缺德不缺德？

再接着，孙局长就狠狠地揍李副市长：你勾搭俺秘书也就算了，你这个畜生，连俺老婆也霸占？

最后，赵二狗、钱总、孙局长群起而攻之，拳打脚踢，李副市长面目全非。

阎王爷一声呵斥：放肆！阎王殿内，敢打群架，成何体统？李副市长、孙局长、钱总，你们三个就莫回阳间了，老老实实地陪着赵二狗住进郊区的那片鬼城吧。

门 票

今天,读朋友的游记《走向西藏》,便想起了布达拉宫的那八张门票。

那是好几年前的事。

那年八月,约了七位同事,一起去西藏。

仰望布达拉宫,雄伟、肃穆、神圣。瞬间,心灵被洗涤,被净化。

抵达布达拉宫的大门,同事们随着朝圣的藏民,沿着布达拉宫"之"字形的阶梯,依次登上了宫殿。

布达拉宫开放的时间,要等到早上 9 点。

在同事们三两个闲聊的时候,我发现了一个秘密:当地藏民入内朝圣的门票,票价只要 1 元钱,而外地游客的门票要 70 元。

当地导游对我说:你想买 1 元钱的门票,其实也有办法。

同事们围过来,饶有兴致地议论:弄一张 1 元钱的朝圣票,既节约了门票钱,又蛮有纪念意义。

按照导游传授的办法,同事们怂恿着我,开始行动。

我注意到了一位喇嘛,穿着绛红色的僧袍,眉目慈祥。他手里拿着一张 1 元钱的朝圣票,好像是在等人。

我含笑走上前,双手合十,学着藏民的样子,虔诚地向喇嘛施礼:师父,扎西德勒。

慈祥的喇嘛,冲我友好地微笑着,点头向我答礼。

我迟疑了片刻,有些为难地央求喇嘛:师父,帮帮忙,可否将您手中的朝圣票卖给我?

喇嘛微笑着,指着售票处说:您可以在那里买呀?

幸运,我碰到了一个懂汉语的喇嘛。

想了想,还是向喇嘛道出了实情:我们不是藏民,也没有佛教机构的相关证明,买不到朝圣票。

一边说,一边掏出钱包,我取出二十元钱递给喇嘛。

喇嘛微笑着,扫视着同事们,收下了二十元钱,将他手中的那张朝圣票,爽快地让给了我。

我兴奋地接过朝圣票,感激地说:师父,扎西德勒!

喇嘛笑得更慈祥了,又扫视了同事们一遍,转身,健步走向售票窗口。

同事们争着抢着欣赏着这张朝圣票。

有同事小声地议论:这年代,有钱能使鬼推磨。喇嘛照样也食人间烟火。

还有同事悄悄地说:现在的僧人,赚钱的门道多着呢,开着宝马和奔驰的喇嘛,大有人在。

就在同事们盘点着世风日下的时候,喇嘛又回到了我的面前:这是七张朝圣票,还有找给您的十二元钱。

同事们面面相觑。

喇嘛依然微笑着。

望着喇嘛离去的背影,如同眼前的布达拉宫,雄伟、肃穆、神圣。瞬间,心灵被洗涤,被净化。

这张布达拉宫的朝圣票,一直珍藏着,在影集里,在心里。

习惯了

叶姐是一位环卫工人，四十多岁，虽然个子不高，但是蛮有气质。

叶姐的工作，每天排得满满的：

凌晨四点，准时起床，叶姐推着环卫车，在昏黄的路灯下，瘦弱的身影在武陵大道的中心路段左右移动；

七点半，急着赶回家，弄早餐，搞家务，不厌其烦地照顾瘫痪在床的老公；

十点，前往市电大的家属楼，帮一位退休老师买菜做中饭，两个小时，按钟点计酬；

中午一点，又匆忙返回，料理老公的生活起居；

中午两点，午休半个小时，雷打不动；

下午两点半，换上工装，踏进漂亮的写字楼，摇身成为一家公司的定时保洁员；

下午五点，骑上电动车，驶向市区一处建筑工地，在临时搭建的木棚里，为农民工准备晚饭。

左邻右舍关心地问叶姐：你受得住吗？

叶姐淡然一笑：习惯了。

去年 10 月 26 日，环卫工人自己的节日，叶姐被评为"全市十佳城市美容师"称号。

晚报记者现场采访叶姐：究竟是什么原因，让您一直热爱环卫工作?

叶姐语出惊人:其实,最初吧,我是不喜欢这份工作的。

叶姐回忆着过去的那一幕又一幕。

十八岁那年,叶姐还是个黄毛丫头。街道办招她当环卫清洁工,她说:宁愿跳穿紫河,也不当环卫工。

黄毛丫头喜欢唱歌跳舞,托人介绍,好不容易招进了区里的文工团。

半年以后,黄毛丫头辞了职:街坊邻里,风言闲语,台上的戏子,台下的婊子,唾沫淹死人;团长又是个老色鬼,一有机会就骚扰她,惹不起躲得起。

黄毛丫头换了一个工作又一个工作,从来就没有称心如意过。后来,待在家,吃闲饭,无业游民一个。

一晃,黄毛丫头变成大龄女青年,家里人着急,稀里糊涂就嫁了人。

叶姐有了女儿,有了家,经济负担越来越重,生活压力越来越大。居委会主任热心帮忙,她也只能违背初衷,无奈地当上了环卫清洁工。

女儿上了学,第一次召开家长会。叶姐精心地打扮着,女儿却哭闹不停:不要妈妈,就要爸爸陪我。

叶姐愣了一下,问女儿:为啥?

女儿童言无忌:小朋友们说你是扫大街的,身上臭,身上脏。

女儿挂着眼泪,叶姐号啕大哭。

生活所迫,现实残酷,叶姐只能继续当环卫清洁工。一腔怨气,一路艰辛,全部发泄在那一把把竹笤帚上,每天使尽全身的力气,打扫着街道的每一寸路面。

意料之外,叶姐年年评为先进。前年,市政府授予她"五一劳动模范"的殊荣。叶姐接过金灿灿的奖牌,回想着市长的报告中引用的一句话,那是周总理的名言:职业没有贵贱之分,只有分工的不同。这句话,让她感觉到浑身的血管在膨胀。

从此,每天凌晨,叶姐风雨无阻。她将那条街道当作了家里的客厅,哪怕一片落叶,一丝灰尘,眼里也容不下。日复一日,年复一年。

寒冬酷暑,受过伤,流过血。

今年春节,叶姐依然坚守岗位。大年初一的凌晨,一辆奥迪小车呼啸而来,擦倒了正在扫街的她。

万幸,医院检查只是外伤。

住院期间,开奥迪车的司机多次看望叶姐:我是一家保险公司的总经理,为了弥补我对您的伤害,决定聘请您为公司的正式员工。

叶姐出奇的平静:谢谢老总,我还是愿意扫大街。

保险公司老总不解地问:为啥?

叶姐淡然一笑:习惯了。

捡垃圾的怪老头

在我居住的小区里,有一个捡垃圾的怪老头。这个老头姓甚名啥,我不知道,小区的人也没几个知道,据说居委会的主任认识他。老头怪就怪在"吃、穿、住、行、言"上。

吃。老头每天只吃两餐饭,菜也很少,不是白菜就是萝卜,清清淡淡。

穿。老头虽然捡垃圾，但衣服蛮干净，整整齐齐。

住。老头好像没有属于自己的家，就租住在对面一楼的杂物间，无儿无女，无老伴。

行。老头每天推着小三轮车，在小区里转过来转过去，不放过小区的任何一个角落，比物业的清洁工要认真，要敬业。老头一直在这个小区捡垃圾，从来不去别的地方。

言。老头几乎不和小区的人说话，一脸严肃，除了给房东交房租以外。

有一天，小区物业经理大清早就忙碌起来：紧急召唤人员，突击打扫卫生；平时穿得各式各样的保安，今天也一律着了新工装。小区门口拉起了横幅标语：热烈欢迎赵副市长莅临小区指导工作。

上午十点来钟，赵副市长的车开进了小区，居委会的领导毕恭毕敬地迎候着。

年轻的赵副市长，对居委会主任说了两句话：一是马上撤掉小区门口的欢迎标语；二是请您带我去看看孙老师。

在场的工作人员纳闷了：谁是孙老师？

幸亏居委会主任资历老，情况熟，反应快：赵市长，您是来慰问孤寡老人的吧？您说的孙老师是叫孙中华的那位老人吗？

赵副市长点点头：对，就是孙中华老师。不过，今天我来你们小区，不是代表市政府，纯属个人活动，打扰大家了。

原来，赵副市长是孙老师的学生，孙老师就是小区的怪老头。赵副市长刚刚调回本市，通过多方打听才得知孙老师租住在这里。

送走赵副市长之后，居委会主任绘声绘色地发布消息：孙老师,值得尊敬。赵副市长小时候家里穷,孙老师一直资助他上大学。

后来,每次见到怪老头,不,应该叫孙老师,我便主动跟他打招呼,渐渐成了熟人。

其实,孙老师有退休费,衣食无忧。在我们小区新建之前,孙老师的老房子就坐落在这里。拆迁不久,老伴去世,孙老师实在舍不得离开这个老地方,便租住了一楼的杂物间,现在的这个杂物间正是他家老房子的地基。

我好奇地打听孙老师:您不是有拆迁款吗? 为啥不买一套新房?

第一次看见孙老师脸上有了笑容:人老了,没有这个必要。再说,那点拆迁款还有更重要的用处呢。

今年重阳节,孙老师悄无声息地走了。

一楼杂物间门口, 整齐地跪着二十多个大学生模样的年轻人。其中,一个年龄稍大一点的女生带着哭腔,自言自语:孙老师,这些年没有您帮咱们交学费,谁都上不了大学……

年轻的赵副市长,袖戴黑纱,迈着沉重的步子来了。他站在一楼杂物间前,深深地鞠了三个躬,哭了;二十多个年轻人也跟着哭了,哭声一片。

买　菜

星期天,夫人发了话:你从来就没买过菜,今天可要帮帮俺啊,试着买一次!俺实在没时间,家里的大扫除,一时半会儿还弄不完。

第一次进菜市场,俺逛了许久。没有买到夫人要的茼蒿,正发愁如何向夫人交代。

突然,发现市场的一个角落里,有个菜贩吆喝着:便宜的茼蒿,五块钱一堆,最后一堆了。卖完就收摊,来来来,赶快买啊。

俺凑过去一看,正是一堆新鲜的茼蒿,价格也在夫人的预算之内。二话没说,俺以最快的速度完成交易,庆幸地提走了这最后一堆茼蒿。

然后,遵照夫人的指示,还要买一斤夹精夹肥的猪肉。

选了一家肉摊。卖肉的男人,五十岁左右,一幅忠实憨厚的样子。男人拿捏着一块肉,称了又称,生怕出错似的。临了,还割掉了小指头那么大的一块肉。

看到男人割走那一小块肉时,俺气不打一处来:没瞧见这么吝啬的老板,这块肉,俺不要了。

再选了一家肉摊。卖肉的老板娘漂亮热情,一口一个大哥,叫得人心里暖暖的。手起刀落,一斤夹精夹肥的肉,不多也不少,动作娴熟,干净利落。临走,抛着媚眼的老板娘还赠送了小指头那么大的一块肉,俺心里生出一种莫名的满足感。

从来没买过菜的俺又好奇地逛了一会儿菜市场。

当俺再次路过卖茼蒿的角落时,眼前的情景让俺惊讶不已。菜贩的面前,仍然有一堆新鲜的茼蒿,同样在叫卖:便宜的茼蒿,五块钱一堆,最后一堆了。卖完就收摊,来来来,赶快买啊。

没错,明明是俺刚刚买走了最后一堆茼蒿,怎么又冒出了一堆?为了弄个究竟,俺悄悄站在不远处,仔细察看。原来,那个菜贩,在卖完面前的茼蒿之后,等顾客前脚走,后脚就冒出一个小女孩,送来同样一堆茼蒿,熟练地放在他的面前,菜贩继续吆喝着。

血涌心头。

俺真想跑过去,狠狠地揍菜贩一顿。可俺没有这样做,阿Q精神还是有的:受过高等教育的人,不能和他一般见识。不就是一堆青菜吗? 俺不是还买到了足斤足两的好猪肉吗?

打道回府。

夫人仔细掂量着茼蒿和猪肉,只见她一脸苦笑:俺的娘耶,你老先生啊,在哪里买的茼蒿? 这茼蒿比你的年纪还大,喂猪还嫌噎着。

俺的解释似乎很苍白:这堆茼蒿看起来蛮新鲜的嘛。

夫人接着嘀咕:这买菜的事,男人就是指望不上。你瞧瞧,这块肉,全是腰身条,没一点好的。你是在老板娘的肉摊买的不?

俺还一味称赞那个老板娘:那女人不错,临走的时候,她还送了俺一小块肉。

夫人将猪肉放在电子称上,指着显示的数字,气愤地埋怨着俺:你自己看看,450克,整整少了50克。以后买菜,要在那个男人的肉摊买,人实在,也讲究,每次不差丝毫。莫一瞧见老板娘,就挪不动脚步;她就爱占小便宜,耍小聪明,口里喊哥哥,手里摸家伙。

生活无小事,事事需经历。哎,看来,买菜也是一件不容易的事,还真是一门大学问。

龙 肉

夫人从来不吃驴肉，提到"驴肉"两个字就想吐。听说，她打小就对驴肉有心理阴影。

那年，夫人还只有七八岁。家里拉磨的一头老驴，骨瘦如柴，冻死在寒冬的一场大雪中。那时节，千家萧条，万户困苦，村里人连一头冻死的老瘦驴也不放过，架起了两口大铁锅，集体打牙祭。

奶奶将第一口驴肉喂进夫人的嘴里，"哇"的一声，驴肉吐了一地。据夫人回忆，腥味难闻，寡淡难咽，呛得鼻涕和眼泪流了一大把。

从此，夫人见"驴肉"就反胃，作呕吐状。

夫人嫁了俺，有了儿子，一晃就是二十年，一直坚持不吃驴肉。

前几天，小区对面一家巴蜀火锅店开业，生意火爆。

儿子提议：咱一家也去凑个热闹，尝个新鲜。

排队，进店，找座。

点菜之前，儿子依附在俺的耳边，窃窃私语。俺连连点头，儿子一脸诡笑，夫人云山雾罩。

火锅上桌，香味扑鼻。

夫人问儿子：你点的啥子火锅？

儿子一本正经地回答：嫩牛肉。

夫人品尝了两口,颇有一幅美食家的派头,颔首称赞:香嫩,爽口,好吃。

儿子和俺异口同声地附和:好吃,好吃。

一份火锅,呼呼啦啦,十多分钟,风卷残云,就被俺们三人一扫而光。

夫人放下筷子,似乎意犹未尽。

俺试探着问夫人:没吃好? 要不要再来一份?

夫人不假思索地回答:那就再来一份吧。

又一份"嫩牛肉"火锅,端上了餐桌,吃了个尽兴。

回到家,儿子狡黠地告诉他妈:其实,今天的火锅不是嫩牛肉,前后点的两份都是正宗的巴蜀驴肉。

夫人满脸惊诧,疑问连连:是真的? 为啥不反胃? 那咋就一点驴肉味儿也没有?

俺嘲笑夫人:一朝遭蛇咬,十年怕井绳。其实,这半辈子,你根本就不知道驴肉是啥滋味。

对了,似乎有些文不对题,差点忘了一句俗语:天上的龙肉地上的驴肉。

俺们乡下人,管"驴肉"就叫"龙肉"。

彩　票

这里说的彩票,不是买彩票,而是卖彩票。

刘惠林是我穿开裆裤的发小,去年,他老婆在市城区开了一家彩票店,生意一直不景气,门庭冷落。刘惠林以前在外面打一些零工,也没赚到什么钱,这次干脆回家帮老婆卖起了彩票。

刘惠林脑瓜子灵活,他着手经营彩票店没几天,人气陡增,营业额飙升,彩票店的门面前,每天排起了长队。

同行们羡慕地问刘惠林:你跟咱们也支支招,这是用了啥秘诀,生意这么火爆!

刘惠林抱拳拱手,笑而不答。

那天傍晚,偶遇刘惠林,他主动约我消夜,三杯酒下肚,酒后吐真言:咱的法宝靠十二个字,那就是"妙笔生花,和气生财,无中生有"。

我借着酒劲追问刘惠林:咱听不懂,你好好说道说道。

刘惠林一脸兴奋:譬如说"妙笔生花",咱就用广告笔写上几张红色的大喜报,不管是中了五块的还是十块的,一人一张,每天更新,营造氛围,吸引眼球。

我好奇地问:原来广告笔就是你所谓的"妙笔"。那啥又叫"和气生财"?

刘惠林满脸通红,可能是酒精在充分发挥作用:咱每周免费举办一次彩民培训班,教他们购买彩票的一些基本知识,还故弄玄虚地透露一些如何中大奖的秘诀。

我疑惑地说:那谁来教他们? 你花钱请专家?

刘惠林拍拍胸脯,豪气冲天地跟我说:咱就是老师,咱就是专家。不过,可以悄悄告诉你,咱也是从《福彩天地》上现学现卖,糊弄糊弄这些老大妈和小年轻。其实,咱办培训班,就是积攒人脉资源,咱得和客户搞好关系,让老客户带新客户,滚雪球似的,客户就越来越多。你说,彩票这个事吧,纯粹就是碰运气,哪有什么秘诀不秘诀的,可是"人心不足蛇吞象",人人做梦都想一夜暴富啊。

我好像有了点悟性：原来这就是你说的"和气生财"。那啥又叫"无中生有"呢？

刘惠林慢慢地端起酒杯，神乎其神地附在我的耳边说：这可是一个大秘密，咱丑话说到前头，哪里说哪里了啊，出了这个门可不兴乱讲。前些日子，咱连续爆了两大新闻，一回是说咱店里中了100万，另一回是说咱店里又中了200万。其实，哪有这么容易中大奖的，这都是咱"无中生有"编造的重大信息，那些彩民还真以为天上会掉馅饼。

我惊奇地问：你这不是骗人吗？

刘惠林猛然端起酒杯，一饮而尽：老弟，实话告诉你，这就是营销，营销说得好听点就叫策略，说得难听点就是忽悠。其实吧，喜欢买彩票的都是一群理性较弱的人，咱灌输给他们的中奖概率是50%，要么中，要么不中，那都是鬼话；可实际上你买一注或几注彩票，中奖的概率几乎等于零，也就是为福利和体育事业做了贡献。老弟，俗话说"穷人爱买彩票"，一点不假。你只要仔细瞧瞧，保准就晓得，哪有大款进过彩票店的？买彩票的大多是没钱的人，穷则思变，光想不劳而获；而有钱的人深知财富是靠打拼才会拥有的道理，他们绝对不会拿人生去赌博，白白浪费光阴。你说对吧？

我端起的酒杯悬在空中，竟然一时无语。

好一个"妙笔生花、和气生财、无中生有"的刘惠林，这已经完全不是咱当年认识的那个发小了。

新规·新招

2016年12月1日傍晚，江晓月在银行自助区取款，准备和几个姐妹去"天外天"茶楼打麻将。

江晓月的身后，站着一个农民工模样的男人，面露难色。

男人望着江晓月，憨厚胆怯地问：大妹子，俺从来没在这个机子上面取过钱，麻烦你帮俺取两千块，俺告诉你密码，俺实在不会弄。

江晓月上下打量了一番这个农民工，放松了警惕，有些同情地说：你是遇上了我，要是碰到坏人，你卡上的钱可能就被别人取跑了，以后莫轻易告诉别人密码啊。

男人连连点头：那是，那是。俺就觉得大妹子面善，才放心请你帮忙。

插卡，输密码，点金额，江晓月熟练地帮男人取了两千块钱。

男人接过江晓月取出的钱，弯腰致谢。

正当江晓月准备离开银行自助区时，男人还是那么憨厚胆怯地问：大妹子，帮忙帮到底。俺丫头在北京念大学，她说要买台啥电脑，今天就要打钱给她。以前，俺是在邮政汇的款，可这个时候邮政局也关了门。俺丫头说，可以在手机上用啥微信转账，麻烦大妹子帮俺弄弄？

江晓月转过身问男人：你有微信吗？

男人掏出一个老人手机：没有。

江晓月似乎是自言自语:那该咋办?

男人好像比先前精明了不少,赶紧问江晓月:俺把卡里的钱转到你的卡里,用你的微信发给俺丫头。你看,行不?

江晓月点头应允。

男人再次将卡递给江晓月:大妹子,你在俺卡里转1万块钱吧,俺实在不会弄,麻烦你啊。

江晓月亲手用男人的卡,将1万块钱转进自己的卡里。

然后,江晓月用微信转账给了男人的丫头。

男人再次弯腰致谢。

第二天,江晓月查看短信,发现自己的卡里一直没有收到那个男人的1万块钱。

江晓月慌神了,紧张了。一路猛跑奔向银行,询问大堂经理。

银行人员仔细查了系统,肯定地说:你受骗了。昨天转到你卡里的1万块钱,今天早上就被撤回了。

江晓月哭哭泣泣:怎么可能? 昨天是我自己操作的,绝对不会出错。咋会撤回去呢?

银行人员说:从昨天开始,国家出台了新规定,ATM机转账要24小时才可以到账,24小时之内可以撤回……

银行人员的话还没说完,江晓月已经晕倒在银行大厅。

那飘飘的柔姿舞

今年的同学聚会,最亮眼的就是霞儿。如今,她已是全省鼎鼎有名的舞蹈家。

回想读高中的时候,霞儿是个山里女娃,那时候,霞儿十七八岁。

霞儿长得挺漂亮。那弯弯的柳叶眉,那明净的丹凤眼,常常惹得许多同学羡慕和嫉妒。当然,也收到过几个男孩子写来的那种信。

霞儿不同于别的女娃。她挺爱打扮,挺爱跳舞;她挺爱穿蝙蝠衫和紧身裤;她挺爱跳令人心醉的柔姿舞。那时节,特别流行。

但班主任陈老师却不喜欢。

那次春游时,霞儿正随着狂劲的乐曲跳得潇洒,跳得高兴。陈老师却火烧火燎地赶过来,喝令她不要跳。

陈老师的目光严峻,语气生硬:瞧你这个样子,又是蝙蝠衫,又是紧身裤,哪里还像个学生?真不知道你妈是怎么想的,好歹她还是我们山里有名的女企业家呢,连女儿都教育不好。

霞儿听了难受,听了委屈:陈老师,这衣服,这舞蹈,全是我妈……

陈老师听了惊愕,听了摇头:你说什么?是你妈妈?怪不得,怪不得!

"五四"青年节快到了,学校决定举行"五四"全校文艺大汇演。别的班级都忙着做准备，可陈老师却无动于衷，雷打不动。

直到临近演出之前，校长跟他催起这事，他才急了眼：同学们，我们也出个节目吧！

可好半天，谁也没有吭声，后来大家一致提议让霞儿上台。

陈老师皱着眉头，陈老师无可奈何。

霞儿登台跳了一曲柔姿舞。霞儿那轻盈如云的舞姿，赢得了全校师生热烈持久的掌声。

后来，学校里的师生都在言传：山外的市歌舞团要招收霞儿当舞蹈演员。

陈老师这才对霞儿的"管教"稍为"松"了一点。然而，过了两个月，霞儿还是没有被歌舞团招收。

陈老师也就料定：霞儿这种人当不上演员。

于是，陈老师又孜孜不倦、耐心细致地告诫霞儿：学生乃为"学"而"生"，而不应该总爱打扮，总爱跳舞。

谁知半年以后，霞儿真的去了市歌舞团。应考的那回，霞儿向陈老师请三天假。陈老师说学习任务非常紧，不能耽误时间，只准了两天。

没曾想到：霞儿还是考取了。

陈老师如鲠在喉，怪不舒服，心里犹如压了一块大石头，显得格外沉重。

霞儿要走了。全校的师生都感到特别荣耀。同学们争着请她签名，抢着跟她学舞步。学校还特意请了照相的师傅，校长、主任、课任老师同她合影留念。就连门卫也凑热闹，硬是要和霞儿单独拍一张。那天，唯独只有陈老师没有和霞儿照相。

第二天，陈老师终究也没忍住，不顾天热路远，单独约上霞儿，步行到山外的"菲菲"照相馆，同她照了好几张彩照。

霞儿上了舞台,霞儿还上了电视。霞儿仍旧爱穿蝙蝠衫和紧身裤,霞儿仍然爱跳柔姿舞,另外,还在头上系了一根红飘带。

陈老师看得如痴如狂又如醉,逢人就说:电视中那跳舞的女娃霞儿,曾经就是他的学生。

后来,陈老师写了封信给霞儿。信上说,柔姿舞富有现代气息,能够给人以浪漫梦幻的感觉。现在山里也有许多人会跳,这里面包括他的女儿,但是却没有霞儿跳得柔柔,跳得飘飘。

霞儿看了信,微微地笑了笑,尔后,轻轻地摇了摇头。

霞儿亮晶晶的眸子,竟然流出了几滴亮晶晶的泪。

全民微阅读系列

那片逝去的云

刘云和刘彩是一对孪生姐妹,漂亮乖巧,成双出,成对进,一同上学,一起玩耍,如同晴空中那两片美丽飘逸的云彩,形影不离。

这姐妹俩都是父母的掌上明珠,可等到要上高中的时候,情形却发生了戏剧般的变化。

姐姐刘云,成绩拔尖,每次考试不是第一就是第二,轻轻松松考上了市重点中学;妹妹刘彩,学习一般,在班上居于中下游水平,中考成绩,勉勉强强达到市区普通中学录取线。

自从刘云上了重点中学,父母的精力,几乎全部转移到了刘云的身上;对于刘彩而言,基本上是不管不顾,任其自然。

每天清晨五时,父母准时叫醒刘云,必须无条件起床;至于刘彩啥时候起来,只要不迟到就行。

中午,父母轮流为刘云送饭送菜;刘彩却在学校食堂自行解决。

晚上,刘云自习课结束,父亲以最快的车速接她回家,简单洗漱,关进书房,继续复习,每天学习到零点方能上床睡觉;而刘彩下晚自习以后,自个儿搭公交车回家,可以看电视,也可以玩手机,啥时候休息,全凭她的心情。

周末,刘云的补习课程表,父母帮她安排得满满当当:从早上 7 时开始,语数外和文科综,一节连着一节,从赵老师家赶往钱老师家,再从孙老师家奔向李老师家,辗转于补课老师们住的各个小区之间,疲惫战斗到晚上 11 时,补习才暂告一段落。刘云回到家里还要继续复习,听不到零点的钟声敲响,父母是绝对不允许她放下书本的。

刘彩的周末却过得丰富多彩,爬太阳山,游白马湖,逛步行街,有时候也去紫菱图书馆翻翻课外书。

每天早晚,父母对刘云唠叨着一句重复了千遍万遍的话:一定要考上清华或者北大。

刘彩倒是乐得个一身自在,父母对她的期望值不高:考个二本就好。

眼看就要高考了,刘云的状态让父母心急如焚。刘云的眼睛越来越近视,眼镜换了好几副,还是不管用;身体越来越差,脸色苍白,毫无血色,成天呵欠连天;记忆力急剧下退,一个知识点反复读十几遍,依然背不住;5 月初的模拟考试,刘云居然排到了班上十名之后。

有心栽花花不开,无心插柳柳成荫。刘彩的班主任家访时说:这孩子进步蛮快,只要再努一把力,考个一本完全没问题。

6月8日下午5时，刘云和刘彩双双走出了考场。刘云，一脸乌云；刘彩，满脸光彩。

6月26日，高考成绩公布，结果大大出乎父母的意料：刘云512分，刚刚达到二本线；刘彩626分，超过重本线3分。据说刘彩的作文打了满分，她兴奋地告诉老师和同学们：这次的作文《最美乡镇干部》，就是我从电视节目里看来的。

没过几天，刘彩收到了上海交大的录取通知书；刘云却整天憋在家里，紧闭房门，躲开父母的责骂，不说话，也不吃饭。

7月22日，那天是刘云十八岁的生日。刘云跌跌撞撞地爬上了母校教学楼的楼顶，纵身一跳，如同天边的那片云朵，孤独地飘落在校园的操场上……

疑

凝峰，从国外学成归来。据说，这次回国是要子承父业。

凝氏医药集团是本市赫赫有名的家族企业。凝国强，从他父亲手头接过中药小作坊，从小做大，从大做强，风风雨雨几十年，总算将祖传的医药事业，培植成了一棵参天大树。

近两年，董事长凝国强倍感力不从心，岁月不饶人，早就想彻底交班给儿子凝峰。

凝峰，走马上任，成为凝氏医药集团新的董事长兼总经理。

凝峰，喝了几年洋墨水，年轻气盛，对老爷子的那一套"落后"管理经验疑惑重重，不屑一顾，全盘否定。

譬如，取消了师徒制度。凝峰认为，现代化的企业，哪还分什么师傅和徒弟，都是医药工人，待遇一律平等。

譬如，取消了慰问制度。凝峰认为，结婚生子，考学升职，生老病死，这是工人家里的私事，与公司搭不上半毛钱的关系。

新官上任三把火。

全面推行绩效制度。不论年龄、工龄、资历、职务，也不考虑以前对公司的贡献大小，甚至连因公致伤的也没有特殊政策，一律按件提成，多劳多得，绩效为上。

全面实行监督机制。班组设有"督工"，车间设有"督办"，公司设有"督察"，上个厕所也要报告，还有时间限定。

全盘西化，照搬照抄。

不到三个月，辞职的工人，一个接着一个。生产进度一落千丈，药品质量每况愈下。

第三把火还来不及点燃，公司就已处于瘫痪状态，这让凝峰百思不得其解。

秘书小张提议：董事长不妨上灵山拜拜佛。听说，灵山寺的方丈，高人有道。以前，老董事长就经常拜望方丈指点迷津。

凝峰无奈，临时抱佛脚。

方丈当着凝峰的面，铺纸，研磨，写下一个大大的"疑"字。

凝峰不解。

方丈写完"疑"字，盘坐闭目，不紧不慢，浑厚的声音，似乎穿透着凝峰的心：家族"凝"姓，既"旺"也"静"。"凝"字拆开来看，即是"两点水"和"疑"。公子属"旺"，两边生"疑"，一边怀疑令尊的经营思想，一边怀疑工人的生产行为。令尊属"静"，从不生"疑"，不疑上，不疑下，疑人不用，用人不疑。

凝峰顿悟。

重新启用老爷子的管理制度,辅以切合实际的新政,凝氏医药集团又逐渐恢复了昔日的辉煌。

灵山寺的方丈望着山下日益兴旺的凝氏医药集团,无限感慨:父望子成龙,这凝国强也真能编瞎话,老衲鹦鹉学舌的这番瞎话,总算没有白说。

秘书小张望着眼前欣欣向荣的凝氏医药集团,思绪万千:老董事长的心思没有白费,我这个卧底总算没有白当。

崇　拜

G847 次高铁,漂亮的车厢,整洁干净,秩序井然。

老唐这次到广州出差,坐在老唐旁边的是一位时尚女孩。一阵高档香水味儿,沁人心脾。老唐下意识地瞟了几眼身旁的美女:一头飘逸的长发,穿着新潮,面容娇美,且不失端庄,还有几份文化底蕴。只见这位美女放好行李后,便翻开了一本《微美文辞典》。

看见《微美文辞典》这本书,老唐着实有些激动。

于是,老唐主动和这位美女搭讪:您好,喜欢看《微美文辞典》这本书?

美女微微一笑:嗯。这本书,接地气,写的蛮好。

老唐忍不住炫了一回酷:写这本《微美文辞典》,我花了两年时间,今年十月才出版的。

美女惊奇得张大了樱桃小嘴:真的? 您是作家?

老唐故作镇静地说：不信，请美女看看封二的作者照片，如假包换。

美女仔细地瞧了瞧作者照片，激动地站起来：嗨，真是碰了巧。这回我是中了彩票，居然在高铁上遇到唐大作家。

接下来，老唐完成了明星般的见面流程：握手，签名，合影。就差一个拥抱。

美女说的话，让老唐有些意外和飘飘然：您写的好几本书，我都收藏了，《我的那些女人》《土街》《十年一梦》，一部比一部吸引人。从小我就爱好文学，也发表过一些"小豆腐块"的文章。说心里话，我特别崇拜您。

接下来，老唐满足了一个文学爱好者的全部愿望：扫了微信，加了 QQ，留了博客，记了手机号码。

和美女聊天的时间，跑得比高铁还快。

临下车，美女突然问老唐：您是专业作家？还是有其他工作？

老唐诚恳地回答美女：不是，业余爱好而已。我的职业是推销保险。

美女大吃一惊，脱口而出：防火防盗防保险。

美女头也不回地走出车厢。飘逸的长发随风撩到了老唐的脸。

老唐追着赶着叫唤着美女的名字，美女再也没有回过头。

老唐站在高铁出口处，望着美女远去的倩影，划开美女的微信，想留下一段告别的话语。

意想不到的是，美女居然拉黑了老唐的微信。

翠 翠

　　翠翠的父亲，在那偏僻的山寨里算是有些文化的人，喜欢读沈从文的书。翠翠出生以后，他便借用了《边城》中那个善良女孩的好名字。

　　翠翠十七岁的时候，从湘西凤凰走出来，漂泊打工，在这座城市里当餐馆服务员。有一天，几个小混混喝醉了酒，在餐馆里耍流氓，公然调戏服务员翠翠。英雄救美，一个老板模样的年轻男人，带着他的手下，打跑了这帮小混混。翠翠感激不尽，从此，在她心里就烙印下了这个年轻男人的脸。

　　不出所料，这个年轻的男人还真是一家房地产公司的老板，名字叫"白帆"，子承父业，标准的富二代，属于"高大上"的范畴。那个时候，只要有一桶金，只要是个正常人，闭着眼睛运作房地产也能赚大钱，白帆捞得盆满钵满。白帆有家有室，家里红旗不倒，外面彩旗飘飘，和韦小宝相比毫不逊色。

　　自从那次英雄救美之后，白帆对身边浓妆艳抹的女人，越来越厌烦，倒是经常想念起纯朴自然的翠翠来。

　　翠翠对白帆是感恩戴德，白帆对翠翠是垂涎欲滴。一来二往，单纯善良的翠翠，哪里经得住情场老手白帆的无事献殷勤，翠翠被白帆俘虏了心，也俘虏了身。

　　其实，翠翠也知道白帆结了婚，还知道他外面有很多女人，可就是忍不住想和他在一起。翠翠连自己也说不清道不明，翠翠既不贪财也不想当第三者。从接触白帆开始，就没想要他的钱财，也没奢望走进他的家庭，可在翠翠的潜意识里，总觉得白帆是个好人。

翠翠没有贪念，冰清玉洁，让白帆一直有恋爱的感觉。翠翠从不开口向白帆要这要那，和他外面的那些不省油的灯比起来，简直是天壤之别。翠翠越是这样，白帆越是愿意为她花钱。白帆在高档小区替翠翠买了商品房，每周总要在翠翠那里过上一夜或两夜，时不时主动留给翠翠大把大把的现金，经常买些金银首饰哄翠翠开心。

近些年，房地产行业每况愈下，开发成本上涨，房屋价格下跌，摊子铺得越大，亏损就越多。白帆死撑了半年，还是无济于事。五年前，白帆的公司被迫宣布破产。一夜之间，白帆从亿万富翁变成了光屁股蛋。夫妻本是同林鸟，大难临头各自飞。白帆的老婆，上诉离婚，在法庭上夺走了儿子和别墅。外面的那群女人，有的开走了豪车，有的提走了票子，作鸟兽散。白帆喝了一斤多的东北烧，抄起一把水果刀，刺向了那群女人中最贪婪的一个。

白帆被关进监狱的时候，远远地，他发现只有翠翠为他默默送行。

光阴似流水，白帆在狱中表现优秀，年年减刑，提前释放。当白帆迷茫地走出监狱大门的时候，远远地，翠翠站在马路的对面，向白帆温柔地招手。

翠翠接过白帆的行李袋，挽着他的手臂回了家。

翠翠递给白帆一张八十万的银行卡：这些年，你每次给俺的零花钱，俺一分没花，还有那些金银首饰也卖了些钱。俺想让你开一家餐馆，你当老板，俺当服务员。

男儿膝下有黄金，可白帆还是"咣当"一声，双腿给翠翠下了跪：俺只想让你当老板娘。

白帆的餐馆开业了，餐馆的名字就叫"翠翠"，生意火爆。听说，在这座城市里，没多久，就开了好几家"翠翠"餐饮连锁店。

铁凝是谁

那日，老唐接到深圳一自称文友的电话：我是网络作家协会秘书长，从尚一网上得知，您在网络文学创作方面成绩颇丰，经协会研究同意，诚恳邀请您加入网络作家协会，也希望您成为《网络文学》的专业签约作家。

老唐放下电话，第一联想就是诈骗，也就没将这个事放在心上。

过了几天，老唐又接到这个秘书长的电话：如果您实在不愿意加入协会和签约《网络文学》，协会也只能表示遗憾。不过，有一个不情之请，恳赐《网络文学》两篇原创作品，协会将不胜感激。

老唐一想：手头刚好有两篇小文章，那就发给《网络文学》吧。

让老唐有些惊喜，第三天，文章就在《网络文学》上隆重推出，第四天通过红包发来稿费 100 元。

从此，老唐对《网络文学》有了印象。

又过了些时日，秘书长再次提起加入网络作协和签约作家的事情，老唐有些犹豫地应允了。

再后来,老唐加入作协和签约作家的具体事项,秘书长就指定了一位美女专门负责联系。从手机留言听,声音嗲嗲地;从微信图片看,颜值高高的。

填写了几张表:入会申请、签约申请、签约协议……

邮寄了几本书:老唐自费出版的小说、诗集等。

上交了评审费:200元。

一个星期,老唐就收到了协会的批复文件、会员证、签约作家证。

正当老唐自我欣赏那些光鲜的证件时, 协会的那位美女打来电话:申请表上忘了填写推荐人, 请您补填两位推荐人的信息。

老唐回话:那就寄回来吧,我请两位推荐人亲笔签名。

美女说:这样吧,协会已经批复,那就不用麻烦来回寄了,您将推荐人的信息,发微信过来,我代您填上就行。

老唐思来想去,推荐人填谁呢?

老唐想和美女开个玩笑,微信上写道:推荐人一,莫言,诺贝尔奖获得者;推荐人二,铁凝。

美女及时回了微信:莫言是那个获得瓷砖奖的吗?

老唐惊异地问:什么瓷砖奖?

美女答:不是有个驰名品牌叫"诺贝尔瓷砖"吗?

老唐哑口无言。

美女接着问:铁凝是谁? 有啥头衔?

老唐气愤地回了一句粗话:你们是啥狗屁作协!

谁知道你是谁

深圳一文友,介绍老唐加入网络作家协会,并签约其为专业作家。据文友说:想要在网络文学界崭露头角,唯一依托就是网络作家协会。

网络作家协会(以下简称网协):为包装推介网络文学新秀,请老唐同志寄送一份精短的作者简介。

老唐寄送的简介如下:

老唐,诗歌协会会员,散文家协会会员,杂文家协会会员,小说家协会会员。出版诗集《痴呆傻》《神经病》《不讲人话》,散文集《云山雾里》《无病呻吟》《有病不治》,杂文集《眼红》《咒骂》《葡萄酸》,长篇小说《嫖》《赌》《毒》。时有《那狗》《那人》《那狗·那人》等文章散见诸报刊。

网协:简介字数过多,重点不突出,请精减。

老唐精减后的简介如下:

老唐,多家协会会员。出版诗集、散文集、杂文集、长篇小说多部。时有文章散见诸报刊。

网协:请再精减。

老唐:抱歉,实在无法再精减。

网协:那您就授权吧,让协会越俎代庖。

老唐:行,想咋精减就咋精减。

网协精减后的简介如下:

老唐，中国作家协会会员。

老唐：我又不是中国作家协会会员，这不是瞎糊弄吗？

网协：谁知道你是谁？

老唐无语。

成人文学

去年初，有一网站做栏目编辑的同学，专程回常德看望老唐。

八百里酒店。老唐尽地主之谊，边吃边聊。

同学：咱们开门见山吧，这次回来，就是想邀请你加盟网站。我现在负责一档"成人文学"的专栏，人气爆棚。不过，专业写手太紧俏，各家网站相互挖角。

老唐：什么叫"成人文学"？

同学：咱们之间不兜圈子，打开窗户说亮话，就是专写情感小说，裸露的幅度稍微大一点。

老唐：究竟裸露到啥程度？

同学：这么说吧，譬如贾平凹的《废都》，此处省略多少字，咱就不能省略。

老唐：那不就是色情小说吗？

同学：也不能这么讲，准确地说，叫"成人文学"。

老唐：稿酬高吗？

同学：每更新一万字，基本底薪3000元，再根据阅读量提成，保守估计一万字能拿到5000元。另外，如果你能写足十万字，我送你两个自费书号。你不是一直想出书吗？

老唐想起老婆的热嘲冷讽：天天写狗屁文章，没见你赚回一分钱，难怪说"穷的是秀才"，一点不假。

老唐觉得，这是在老婆面前挽回尊严的好机会。

这条件，特别是诱人的书号，老唐动了心。

几杯酒下肚，人穷志短，老唐一跺脚，就拍了胸脯，便签了协议。

其实，老唐还是蛮精明的：咱提个要求，作者署笔名。

同学：成交。不过，网站保留文章修改权。

老唐只要一有空闲，就钻进书房，按照网站的写作提纲，闭门造车。

第一周，顺利交稿。可等老唐上网查看文章时，内容已经面目全非：每一页都增加了大篇幅的性爱情节，简直不堪入目。

老唐气愤之极，电话告知同学，坚决罢工。

同学：罢工可以，请仔细阅读协议"毁约"条款，那可是要赔偿十万元违约金。

老唐：条款里也没说要赔偿十万元。

同学：条款第十条写得清清楚楚，本部小说预计稿酬五万元左右，如有毁约按两倍支付违约金。

老唐欲哭无泪，落草为寇，逼上梁山。

接着写，接着交稿，接着面目全非。

网站"一言九鼎"，当老唐写到五万字的时候，同学给老唐转账了二万五千元的稿费。

老唐实在写不下去了，就在这个当口，搭帮党中央挽救了他。国务院一声令下：净网行动，全面拉开，彻底清理成人网站。

同学的那档"成人文学"被取缔,老唐的"成人小说"也被屏蔽。

老唐终于解脱了。

老唐拿着那二万五千元的稿费,说是"取之于'文',用之于'文'"。于是,老唐办了两件自己觉得蛮惬意的事:

首先,出版了散文集和小小说集;

然后,宴请了一大帮文朋诗友,齐聚八百里酒店,点了最贵的菜,喝了最好的酒,聊了"成人文学"里面最黄的段子。

投　稿

有一家高大上的杂志,老唐想投稿,心仪已久。

第一次,投了一篇《那狗》。

编辑回复:稿件初审未过。

第二次,投了一篇《那人》。

编辑回复:稿件初审未过。

第三次,投了一篇《那狗·那人》。

编辑回复:稿件初审未过。

老唐有些郁闷,于是,邀文友在"桑干河"喝茶。

文友说:教你一招秘诀,试试?

如获至宝。

一字未改,又寄《那狗》,上旬刊,发表了。

一字未改,再寄《那人》,中旬刊,发表了。

一字未改,后寄《那狗·那人》,下旬刊,发表了。

文友的秘诀:将已出版的书和已发表的文章,拍照,压缩,打包,发送。邮件主题附上一句话,著名作家某某推荐该文章,文稿末,别忘电脑 PS 某某的手签名。

再后来,编辑主动函约老唐:感谢您不吝赐稿,本刊拟开设您的专栏,恳请您一如既往地支持。

心虚,心慌,心烦,老唐再也没有向这家高大上的杂志投过稿。

可那位编辑锲而不舍,周周发微信,月月催稿件。

好大一棵树

这里说的"好大一棵树",不是田震唱红的那首歌。

1

他是保险公司的一位领导,原本姓胡,由于当时公司班子成员中,有两位姓胡的副老总,员工们便于区分,借用了姓名中最后一字,从此,就叫响了鼎鼎有名的"树总"。

其实,树总名至实归。

从外形欣赏,树总的个头长得如同一棵大树,究竟有多高,没测量过,总之,比姚明矮不了多少。每次碰到树总,一种无形的压力,老让我喘不过气。也许,是我离地平线太近,而树总的海拔太高。不过,天热的时候,我还是愿意在树总的影子里乘凉。

从内涵感受,树总的潜意识里有一股参天大树的冲劲和气概,工作起来,撑不破天,绝不放手;生活里面,掩藏不住长焦镜头的大格局,也抑制不住幽默灵泛的微情调。

2

树总是一个会接地气的人。

有一次,树总带着我在临澧的一个叫洞坪的小村子里驻点。

那时节,人们对保险陌生,排斥。村里人听说我们是来宣传保险的,躲之甚远,避之不及。树总和我在村里人的眼里就如同两尊送不走的瘟神。村里领队的会计,也不知什么时候,悄悄然地溜之大吉。

树总眨巴眨巴他的小眼睛,揉捏揉捏他的大手掌,我知道,树总有了好主意。

前面的那片地里,老老少少,忙活着种棉花。

树总一屁股坐在地埂上,脱了皮鞋,赤着双脚,融进了棉花育苗的人群。

地里炸锅了,沸腾了。市里的干部下地干农活,黄花女,坐花轿,头一遭。有人看热闹,有人看稀奇,有人看笑话。

村里人管棉花育苗叫"打营养钵",其实,"打营养钵"和制作蜂窝煤是一个原理。看似简单,做起来难。树总不懂就问,求老姐姐手把手地教会要领,请小媳妇一步一步地示范动作。

那天,树总和我打出了上千个"营养钵",摆满了好大一片地。

天黑的时候,终于有人叫"树大哥",终于有人咨询保险的那些事儿。

3

树总是一个会说相声的人。

保险公司分业经营的那一年,我跟着树总在安福大地"走村入户",宣传保险,拓展业务。

第一天,我连夜赶写的宣传稿在高音喇叭里广播了一遍又一遍。村民们没一个人听明白,有人说,文绉绉的,秀才也难懂;有人说,王妈妈的裹脚,又长又臭;有人干脆捂住了耳朵,厌烦得很。

第二天,树总安慰我说:咱们发挥优势,我高你矮,自编自演,正好说段相声。

田间地头,回荡着树总洪亮的声音:参加保险就是好,千家万户离不了。人生在世无规律,钱途命运靠自己。平时投入丁点少,用时满足大需要。

后来,我也学会了树总编的相声段子:一手拉着爱子笑,一眼看着爱女娇。上天不随人心愿,转眼灾祸到眼前。爬高上低有危险,意外事故难避免。劝你购买意外险,保护儿女永平安。

记得那一回,整个村子里头,人人追着赶着听相声,家家争着抢着买保险。

4

树总是一个会讲故事的人。

树总说话讲究艺术,喜欢绕个弯儿。听话的人要有悟性,那是必需的。

公司有一个员工，向树总倾诉，埋怨领导的承诺老是不兑现。

树总便没头没脑地讲了一个故事。

有一天,张思先骑一匹奇瘦之马,故意从赵匡胤面前经过,佯装惊慌下马,向皇帝请安。

赵匡胤问:这匹马为何如此之瘦? 是不是你没好好喂它?

张思先答:一天三斗。

皇帝说:吃得这么多,为何还如此之瘦?

张思先答:我只答应给它一天三斗粮,可我没有给它吃那么多。

于是,二人大笑不止。

这个员工,寻觅了一个合适的机会,向公司老总也鹦鹉学舌了一番,老总是个聪明人,猛然醒悟。

第二天,老总就兑现了以前所有的承诺。

从此,好多员工就迷上了树总讲故事。

5

其实,树总是一个真有故事的人。

只能这么说:

好大一棵树,根深于土,枝茂于天,我拾到的仅仅是几片落叶而已。

阿　莲

也不知道这算不算是红颜知己，在我心里，就是有那种莫名其妙的感觉，每天总会忍不住想起她，她叫阿莲。其实吧，感情这东西谁也说不清楚，道不明白。

1

用第三人称回想阿莲，我为她发了一篇微博。

一个"净"、"靓"、"尽"的女人，让我心动。

先说"净"吧。记得那是周一的清晨 6 时 50 分，常德火车站的安检处，一个端庄温润，三十几四十不到的女人，她把行李一件件拿出来，一件件套上一次性塑料袋，放进安检机，过了安检再一件件拿出来；进入候车室，她一直站着，始终不坐；好不容易上了火车，她斯文而又安静地找了个非常干净的座位，然后拿出一张一次性环保纸，轻轻地垫在座位上面，最后才小心翼翼地就着座位最前沿，慢慢坐下来。那天，她穿着纯白色的熨的笔直的长裤，印象蛮深。我感觉这个女人可能有洁癖，从此我就开始关注她。

再说"靓"吧。每个周一的早上，无论晴天下雨还是寒冬酷暑，她都会雷打不动地按时出现在火车站，她人缘也蛮好，搭火车同到那个山区小县城上班的人，她几乎都熟，大家都喜欢和她打招呼。由于工作交流的关系，我自然也就成了她的同路人。她中等身材，不胖不瘦，丰满而不显肥，妩媚而不矫情，胸和臀凸出得恰到好处，既不显山又不露水，是一个让人心动的女人。特别是她滑嫩的脸蛋，白里透红，活脱脱一个熟透的苹果，只要是正常的男人，就会有咬一口的冲动。从此我就开始喜欢她。

然后说"尽"吧。接触，了解，她是一家幼稚园的园长，家住在常德市区，工作在山区的那个小县城。周一去上班，周四或者周五回家休息。在我和她交流与交往的过程中，她的话题，除了工作还是工作。她说，每天就是简单的"两点一线"，幼稚园，宿舍，两头跑，早出晚归。她很少有外界朋友，几乎没有社交活动，更谈不上跳舞唱歌、洗面按摩，总之一个词，那就是"尽职尽责"。这么多年，她一直关心着她可爱的员工，呵护着她满园的花骨朵。她对朋友也蛮尽心，在我住院的时候，她天天打电话嘘寒问暖，还抽时间从山城赶回常德，专程上医院看望我，让人特别感动。从此我就开始敬重她。

我突发奇想，不知道她会不会做一手好茶饭，但愿不是一个美丽的花瓶。

2

用第二人称回想阿莲，我为你写了一封书信。

我情不自禁地给你写了一封信，尽管现在几乎没人写信了；有时候，最原始的通讯方式也是一种极致的温馨和浪漫。信的主题，就是"难忘那一次"，尽管说的都是一些重复的事情和话语；有时候，重复的语言也会回味无穷，哪怕千遍万遍。

难忘那一次遇见。2010 年 9 月 13 日早晨 6 时 50 分（第一个重复），星期一，常德火车站，一个靓丽而又特别有气质的你，映入我的眼帘坦率地说，你的讲究，你的举止，特别是你的那些爱清洁、讲卫生的行为，让我心动。

难忘那一次联系。我关注了你，好久好久，心里就想靠近你，急躁地查找你的电话，转弯抹角地问了你的好朋友，就是在地税局上班的叫周什么的小姑娘。周五的时候，我犹豫了半天，鼓足勇气，打通了你的电话，没话找话地问你："回不回常德，搭不搭便车？"可你遗憾地告诉我："昨天已经回常德了。"

难忘那一次探望（第二个重复）。体检发现，血糖偏高，我住进了中医院。那期间，也是你最繁忙的时候，记得你正在筹办"六一"汇报的文艺演出。千头万绪，你居然挤出时间，跑来医院看望我，当你丢下 1000 元红包和一束鲜花以后，你就像小姑娘一样害羞地跑开。

难忘那一次表白。白天，工作忙起来还好，晚上，总是不由自主地想起你。也许，我的心开始为你走丢。心慌意乱，如同初涉爱河的毛头小伙，我在电话里低声对你说："自从遇见你，我就病了。"你却娇腆地回答我："神经病吧，有毛窍。"

难忘那一次拥抱。那个美丽的夜晚，小县城的国际宾馆 520 房。我忐忑地说：这次来山城出差，好想见见你（那个时候，我已经从小县城调回常德市）。趁着夜色，壮着酒胆，我冷不防地从身后抱紧你，可你最后，还是挣脱了我并不宽广的怀抱。当你慌张地离开房间的时候，你的脸上泛起了阵阵迷人的红晕。

难忘那一次亲吻。周四的下午，开车，从常德去了你上班的县城，接你回家，善意地撒了个谎，我说：今天在邻近的县城办事，顺便捎你回去。一路上，你紫色的杯子，温柔地喂我喝茶，心和心瞬间没有了距离。常德市区，西湖酒店门口，当你就快下车的时候,趁你不备,以迅雷不及掩耳之势,我在你的左脸上,狠狠地亲了一口,空气好像凝固了,两个人变得傻傻的。

难忘那一次,你送我的清明茶;难忘那一次,你帮我四处搜寻的降血糖的民间秘方;难忘那一次……

难忘那一次,你推荐的林徽因的一本书《你若安好,便是晴天》,这句话自然就成了我的博客和微信的个性签名,但愿我们在一起的每一个日子都是晴天。

3

不用任何人称回想阿莲,我为情感穿了一身外衣。

很多人质疑异性友谊,因为它难以把握,难以捉摸,可遇不可求。有一句话比喻是最贴切的,那就是:站在不远不近的地方去欣赏对方。

这种感情在于心的了解,精神的交融,两个人的心贴得很近,身体却离得"很远"。这是一种精神层次的"柏拉图",只有理性的人才能做出,只有理智的人才能得到。两个人在一起时,有着精神上的默契,有着心灵的统一,可以谈爱情,谈婚姻,谈未来,可以无所顾忌地谈人生所有的问题,心有灵犀,相知相惜。感觉像情人,却无情人间的那种腻味;感觉像兄妹,却没有兄妹间的那份庄重,亲密但理性,相知而无私,拥有这种感情的两个人,不会当自己是异性。可以紧紧地握手,也可能会结实地拥抱,但那与性无关,是友爱,是欣赏,是思无邪,而绝不是占有。两个人可以一起去郊游,可以一起去喝酒,到了车站,说声拜拜,各走各的路,不用相约,不用相守,不用腻腻歪歪假装分不了手,轻轻松松带着尊严走自己回家的路。

那种感觉是美妙的,那种味道是让人难喻的。当然那份异性的吸引也不可否认,偶尔也会有那么几份刹那间的令人情不自禁的,甚至是肉体上的冲动,然后默默控制几丝生理欲望,悄悄流露几许爱慕之意,这也在所难免。

男人感觉到了,女人也感觉到了,那是握手的瞬间的轻微的感觉,那是拥抱朦胧的冲动,但是当两个人抬头再看看澄澈的天空,对望一下彼此无私的眼眸,心领神会:有些东西比爱情更持久,更值得追求。

拥有这种感情,也会有痛苦,有无奈,同时也有快乐,也有说不清的无尽享受。因为这种感情毕竟存在男女异性之间,不是爱情,却又接近爱情,更可以超越爱情。这种感情变数很大,最难把握,所依持的就是彼此间的矜持和尊重,坚守的就是最后一道防线。

一层薄薄的纸,会使这种关系具有魅力和生命力。有距离才有美感;有距离才能欣赏;有距离才能永远。

相信这种属于男女私情之外的至真至纯,难寻难觅,既需刻意疏离又需精心呵护的感情是存在的。

参照这件外衣的标准,女人有些做到了,男人有些没有做到,两个人想:尽量尽力将这件外衣穿得合身,合心,合意。

4

九月,是我们之间相识、相知、爱慕的季节,过几天就是年轻人热衷的"新网络情人节","1020"谐音"要您爱您",今天提前送你一束"蓝色妖姬",送你一份特别的思念特别的"爱"。从2010年9月开始,我们同在一个小山城工作,相遇、相识、相知;2012

年9月，两年的交流期圆满结束，我又不舍地从山城回到了常德，虽然两地相隔，但心却越来越近；时光荏苒，一晃就是六年，这六年里无时无刻不在想你，念你，甚至是一种特殊的"爱"你。自从你要乘的那趟火车从7时提前到4时，每个周一的凌晨4时，已经就定格成为我的生物钟，我的心就会跟随你，进入火车站，进入候车室，进入长长的站台。每个周末的下午，我会怦然心动，期盼你的归来。你说：酷暑，老是担心我热着；我说：寒冬，总是牵挂你添衣。我的梦里，亲你，也吻过你，永远也没有醒的时间；你的梦里，拥抱，也抚摸过我，永远感觉是真的；这也许就是前世还未了的一份缘，今生要超越的一份情。

落笔之前，为阿莲捎去几句叫诗也不叫诗的语言：每到那个时候／凌晨4时／辗转难眠／身／卧在床上／心／早已飞翔／骑着思绪的野马／火车碰撞铁轨的声音／穿过隧道／跨过澧水／向大山深处／远去／又一个五天的思念／其实／牵挂只有开始／没有尽头……

那盏明亮的灯

小区旁边那一条狭窄的巷子里，每到傍晚的时候，总会准时亮起一盏明亮的灯，五年如一日。耀眼的灯光下，时常有一幅老太太伛偻着背的影像，拄着拐杖，满脸沧桑，似乎在守望着亲人，抑或寄托某种思念，尽管老太太什么也看不见。

这种独有的情景或特定的场面，每当开车接儿子下晚自习时，我总会情不自禁地张望一番。这条巷子是我开车出入的必经之路。在那盏明亮的灯下，有一座抗日时期留下的碉堡残壁，占去了本来就狭窄的巷子的三分之一，剩下的路面勉强容一辆小车慢慢穿过。

听小区的老居民说，这位老太太姓张，只要是熟悉她的人，不论男女老少，都会亲热地叫她张奶奶。五年前，一个风雨交加的夜晚，张奶奶的儿子一家三口开车回家，漆黑的巷子里，没有路灯，只有雷电。眼看就要到家了，"砰"的一声巨响，小车撞上那座坚硬的碉堡，车毁人亡，惨不忍睹。

这场白发人送黑发人的悲剧，让张奶奶变成了可怜的孤寡老人。一夜之间，张奶奶哭瞎了眼睛，双目失明。

远亲不如近邻。小区好心的人们，大帮小凑，帮助张奶奶料理了儿子一家三口的丧事。为了慰藉张奶奶滴血的心，小区的居民联名要求当地政府拆掉这座碉堡残壁，可张奶奶坚决不同意：这是抗日的纪念实物，也是国家的珍贵文物，说啥也不能拆。人死不能复生，要怪也只能怪俺儿开车不小心。

没过几天，张奶奶托人请来了小区的电工，从她家里接通了电源，在那座碉堡上安装了一盏明亮的灯。从此，每个漫长的夜晚，在这条狭窄的巷子里，通宵闪耀着明亮的灯光。从此，再也没有发生过车祸。

每到傍晚的时候，张奶奶总会佝偻着背，斜靠在碉堡残壁边，陪伴着那盏明亮的灯，默默地守望，既使她的眼睛已经看不见一丝的光芒。

前些日子，我出了趟远差回来。在接儿子下晚自习经过那座碉堡时，习惯地望了一眼那盏灯，灯光依然那么耀眼，可却不见灯光下那熟悉的佝偻的身影。

儿子低沉地告诉我:张奶奶已经走了三天……

听完儿子说的话,我不由自主地在碉堡前慢慢停下车。面对那盏明亮的灯,我拉着儿子的手,不约而同地深深地鞠了三个躬。

后　门

那时节,村里人都这么说:"金土人极好。"

人好,人缘当然就好;人缘好,人来客往当然就多。尤其金土家,住处村子的最前头,通县城的大道就在家门口。村里人进进出出都得绕过屋前,地利加人和,客人就自然多——说是客人,其实也不过是村里的婆婆婶婶、大伯大叔们。咱乡下人热情,过家过门便是客。

金土家的厅堂里每每人头攒动,男的女的,老的少的,坐着倚着,喝口茶,抽袋烟,避避暑,歇歇脚。谈东家的收成,聊西家的艳事。几多欢畅,几多惬意。

却有美中不足之处,那就是屋内有些昏暗,时常发生腿绊腿,脚踩脚的小事故。客人们也嫌屋小人多,气味杂臭,尤其到了夏日,更是有些难堪。

"开个后门好,通风,透气,也光亮。"有人提议。

听的人鼓捣称是,金土自然也就点头称是。

没过两天,金土便在自家厅堂凿了个后门。

果然透风,透气又透光,且空旷了许多!金土满意,客人们更满意。

于是,金土家的客人也就更多。出村的人喜欢后门而入,穿堂而出;进村的人更喜欢前门而入,坐下来,吹吹风,凉爽爽的,再恋恋不舍地从后门而出。

渐渐,金土家屋旁的那段道路行人少了。到后来,便几乎是见不着人影——所有过往的行人,即使肩挑粪便尿水,一到村前,便都很自然地从金土家穿堂而过。

渐渐,金土不满了。待人接客便不再那么热情。

客人并不介意,依然大大方方进,堂堂正正出,反正习惯成自然,何妨。

于是,金土的双眉越锁越深,待人接客也就日见冷淡。到后来,终于忍无可忍地把后门堵死。

于是,客人碰了壁,便在心里骂娘,甚至责问金土:"好端端的,怎么把路堵了?"

"那是路吗?"金土理直气壮地反驳,却说服不了谁。人们都气愤地谴责道:"金土真不是人。"

渐渐,金土家客人少了,到后来,便没有了客人。

终于有一天,村里人都这么说:"金土不是人!"

跋:他是一个有才气的男人

前些日子,作家朋友唐波清给我派了个活儿,说是他想出版一本近两年所写的小小说集子,邀请我为他的专集写几句话,这着实让我诚惶诚恐。说实话,我的文章写得不好,但喜欢读文章,尤其爱读唐波清的小小说,也可以这样说,我一直是他的忠实粉丝。

我认识唐波清将近七年的时间。记得 2010 年的时候,偶然在当地日报上看到了一篇关于他勤奋写作的报道,于是,我便对他和他的作品有了关注。有一回,一家省级党报副刊组织优秀作者笔会,我们之间就有了交往。后来,我们便成为了好朋友。

唐波清,个子不高,秃顶,微胖,实际年龄和长相有些不符,经常让人误会。43 岁的男人,孩子们却叫他爷爷;坐公交车的时候,一般都会有人主动给他让座。最开始认识他的时候,我也觉得他长的比较仓促。和他有了接触,读了他的作品,我打心眼里认为他是一个有才气的男人。

唐波清,从小热爱文学,梦想当一名作家。小学六年级就在《星星》诗刊上发表处女作《隔》;初中和高中期间在江苏《全国中学生优秀作文选》和湖南《小溪流》等刊物上先后刊登过 30 多篇文章;高中毕业的那一年出版了个人诗集,当年,他入选为国家教育部组织评比的"全国十佳文学青少年"。

参加工作之初，唐波清利用业余时间，"任性"地发表了 20 多篇小小说，其中《后门》获得过全国报纸副刊优秀作品金奖（《常德日报》推荐）。在《散文》《年轻人》等刊物上发表了 30 多篇精美散文，其中《澧水》获得全国"雨花杯"文学大赛唯一金奖。在他的书房里，大小各异的奖杯不下二十座。

后来有一段时间，唐波清担任了基层单位的一把手，由于工作繁忙，创作有了些停顿。

近两年，唐波清重敲键盘，主攻小小说，在各种报刊上至少发表了 100 篇以上。圈子里的大部分人都认为唐波清只会写小小说，其实不然，他也是一位杂家和全才，涉足过诗歌、散文、报告文学、长篇小说等多个领域。据不完全统计，这些年，唐波清发表的文章大约有 200 多万字。

高中毕业，出版个人诗集《雾朦胧》；

大学时代，出版长篇小说《十年一梦》《土街》；

工作之余，出版论文集《国寿论剑》、通讯集《国寿传奇》、日记《在北京的日子里》；

前两年，上架网络小说《我的那些女人》系列三部；主编出版杂文集《微美文辞典》共四卷。

现在，他每天除了写小小说外，还坚持创作"微信小段子"，在众多微信圈中流传着好多短小精致的美文，譬如最为经典的《世界本没有乳沟》和广泛流传的《闺蜜》，这都出自他的手。

最后谈谈唐波清的小小说。第一个特点，他的小小说一般都是成系列地推介，譬如"痴"字系列的《官痴》《树痴》《书痴》，读后叫人为之动情；第二个特点，他的小小说反映官场的比较多，《半夜"机"叫》《见风使舵》《举报》写得拍案叫绝；第三个特点，他的小小说蛮接地气，关注社会焦点，《鬼城》揭露了房地产过度开发的问题,《留守》道出了留守儿童的辛酸和艰难;第四个特点,他的小小说文字优美,《门票》蕴藏着布达拉宫浓浓的禅意,《那狗·那人》娓娓道来,文如流水,读完以后,让人充满正能量。这本集子收集的文章比较多,我就不一一点评了。

总之,我对朋友唐波清的印象和评价,还是那句话,他是一个有才气的男人。

（覃开莲,自由撰稿人,专栏作家。）

花
痴

附

小小说创作及发表情况记录(2016 年)

《小说月刊》
2016 年第二期《花痴》

《微小说选刊》
2016 年第二期发表《留守》

《小说选刊》
2016 年第四期发表《哑妻》

《天池》
2016 年第六期发表《鸡年不杀鸡》

《年轻时代》
2016 年第 1 期发表《打折大王》

《刊微时代》

2016 年 11 月 24 日发表《三姐》

《走向》
2016 年 5 月 9 日发表《后门》《红包》《打折大王》
2016 年 9 月 9 日发表《白喜事》《东施效颦》《爷孙俩》
2016 年 10 月 13 日发表《砖家》《影子》《中奖专业户》
2016 年 10 月 27 日发表《扶贫》《鬼城》《留守》
2016 年 11 月 15 日发表《还钱》《经验》《早退》《妹陀》《俺不晓得》

《起点文艺》
2016 年 8 月 29 日发表《闯红灯》《驾考》《借车》
2016 年 9 月 9 日发表《鸡犬升天》《看门狗》《奥巴马》
2016 年 9 月 20 日发表《名片》《体验式销售》
2016 年 10 月 15 日发表《汇报》《半夜"机"叫》《秘书》
2016 年 10 月 30 日发表《花痴》《捡垃圾的怪老头》
2016 年 11 月 5 日发表《官痴》《门票》
2016 年 11 月 12 日发表《中秋》《三姐》
2016 年 11 月 19 日发表《书痴》《光头唐》
2016 年 11 月 26 日发表《投稿》《简介》《成人文学》《铁凝是谁》
2016 年 12 月 3 日发表《龙肉》《买菜》《赈酒的秘诀》
2016 年 12 月 10 日发表《崇拜》《好大一棵树》《习惯了》
2016 年 12 月 17 日发表《居委会主任》《新规·新招》
2016 年 12 月 24 日发表《枪杀心爱的人》《老爹治病》
2016 年 12 月 31 日发表《称呼》《二胎》《捐款》

《青年作家》

2016 年 10 月 8 日发表《湘西印象》《领悟凤凰》《那狗·那人》

2016 年 10 月 19 日发表《树痴》《见风使舵》《铁凝是谁》

2016 年 11 月 26 日发表《赈酒的秘诀》

《博风雅颂》

2016 年 11 月 2 日发表《妹陀》《俺不晓得》

《东方文苑》

2016 年 11 月 10 日发表《官痴》

2016 年 11 月 17 日发表《门票》

2016 年 11 月 21 日发表《半夜"机"叫》

2016 年 11 月 22 日发表《鬼城》

2016 年 11 月 23 日发表《见风使舵》

2016 年 11 月 26 日发表《树痴》

2016 年 12 月 1 日发表《留守》

2016 年 12 月 6 日发表《举报》

2016 年 12 月 22 日发表《那狗·那人》

2016 年 12 月 26 日发表《书痴》

《文艺轻刊》

2016 年 11 月 30 日发表《花痴》

2016 年 12 月 6 日评为 11 月月度经典作家第五名

2016 年 12 月 21 日发表《车位出租》

2016 年 12 月 29 日评为《文艺轻刊》12 月月度经典作家第二

名

《微小说阅读网》

2016 年 12 月 1 日发表《还钱》

《作家林》

2016 年 12 月 21 日发表《扶贫》

《平原文艺》

2016 年 12 月 23 日发表《留守》

《常德晚报》官方微信公众号

2016 年 7 月 31 日发表《后门》

2016 年 10 月 2 日发表《抢红包》

2016 年 10 月 25 日发表《砖家》

2016 年 11 月 13 日发表《花痴》

2016 年 12 月 27 日发表《车位出租》

《常德金融》

2016 年第 1 期发表《发红包》

2016 年第 3 期发表《白喜事》

《常德晚报》

2016 年 7 月 29 日发表《后门》

2016 年 9 月 14 日发表《借车》

2016 年 9 月 23 日发表《发红包》

2016 年 10 月 10 日发表《影子》

2016 年 10 月 18 日发表《俺不晓得》

2016 年 10 月 25 日发表《砖家》

2016 年 11 月 11 日发表《花痴》

2016 年 11 月 30 日发表《称呼》

2016 年 12 月 2 日发表《二叔和幺叔》

2016 年 12 月 14 日发表《经验》

2016 年 12 月 23 日发表《车位出租》

《常德日报》

2016 年 8 月 6 日发表《光头唐》

《常德民生报》

2016 年 11 月 18 日发表《还钱》

2016 年 12 月 6 日发表《车位出租》

《城头山文学》

2016 年 11 期发表《书痴》《官痴》《树痴》

《临澧二中校友平会》

2015 年 3 月 27 日发表《梦想和现实》

2015 年 3 月 27 日发表《美的画廊佛的圣地禅的意境》

2015 年 11 月 18 日发表修改版《梦想和现实》

2016 年 7 月 8 日发表《那狗·那人》

2016 年 10 月 18 日发表《阿莲》

《小说坊》

2016 年 12 月 15 日发表《捡垃圾的怪老头》

2016 年 12 月 26 日发表《看门狗》

小小说创作及发表情况记录（2017 年）

《小小说大世界》

2017 年第二期发表《那片逝去的云》

《小说界》

2017 年第二期发表《守护那片土地》

《芙蓉国文汇》第三卷

2017 年 3 月发表《那狗·那人》

《青年作家》

2017 年 3 月 19 日发表《砖家》

《深圳坪山作家》创刊号

2017 年 3 月 17 日发表《半夜"机"叫》

《小小说在线》

2017 年 3 月 15 日发表《花痴》

《湖南闪小说人》
2017 年 3 月 14 日发表《经验》《秘书》《早退》

《活字纪》
2017 年 3 月 8 日发表《守护这片土地》

《青年文艺》报
2017 年 2 月 22 日发表《车位出租》

《澧兰》季刊
2017 年第一期发表《留守》

《齐鲁文学》
2017 年 2 月 10 日发表《中秋》
2017 年 3 月 20 日发表《打折大王》

《现代作家》
2017 年 2 月 4 日发表《汇报》
2017 年 3 月 6 日发表《高手》

《人民作家》
2017 年 1 月 21 日发表《彩票》
2017 年 2 月 4 日发表《爷孙俩》
2017 年 2 月 17 日发表《新规·新招》

2017 年 3 月 18 日发表《白喜事》

"征程杯"小小说大赛
2017 年 1 月 20 日《二叔和幺叔》在全国"征程杯"小小说大赛中获优秀奖

《东方文苑》
2017 年 1 月 18 日发表《借车》
2017 年 1 月 21 日发表《他是一个有才气的男人》个人 2016 年专辑作品
2017 年 1 月 31 日发表《成人文学》
2017 年 2 月 9 日发表《二胎》
2017 年 2 月 15 日发表《居委会主任》
2017 年 2 月 21 日发表《指痴》
2017 年 3 月 6 日发表《东施效颦》
2017 年 3 月 14 日发表《光头唐》

《清风笺文学》
2017 年 1 月 12 日发表《老妈排队》
2017 年 2 月 8 日《老妈排队》荣获清风笺文学"520 爱心大行动"微小说赛第二名

《走向》
2017 年 1 月 10 日发表《翠翠》《偷枪》
2017 年 2 月 20 日发表《盗墓者》《哑妻》

《栖息地》

2017年1月9日发表《二叔和幺叔》《领悟凤凰》《两颗树》及摄影照片五幅

2017年1月17日发表《一张火车票》

2017年1月19日发表《奥巴马》

2017年1月26日发表《买菜》

2017年2月8日发表《习惯了》

2017年2月15日发表《崇拜》

2017年2月21日发表《龙肉》

2017年2月27日发表《影子》

2017年3月7日发表《称呼》

2017年3月14日发表《三傻子的特异功能》

《东方散文》

2017年1月9日发表《湘西人家》

《红红小院》

2017年1月8日发表《领导的恶梦》即《鬼债》

《文艺轻刊》

2017年1月8日发表《疑》

2017年1月17日发表《鸡犬升天》

2017年1月28日发表《著名演员吴京安携作家们"动手"了》

2017年2月3日发表《买保险了吗》

2017年3月4日发表《那片逝去的云》

2017 年 3 月 6 日评为 2 月月度经典作家第四名

《华语作家》文学版
2017 年 1 月 6 日发表《书记》

《常德晚报》
2017 年 1 月 4 日发表《老爹治病》
2017 年 1 月 13 日发表《一张火车票》
2017 年 2 月 10 日发表《鸡年不杀鸡》
2017 年 2 月 15 日发表《老妈排队》
2017 年 2 月 22 日发表《咬卵犟》
2017 年 3 月 17 日发表《买保险了吗》

《青年作家》
2017 年 1 月 4 日发表《高手》

《文学微刊》
2017 年 1 月 3 日发表《偷与骗》
2017 年 1 月 7 日发表《疑》
2017 年 2 月 6 日发表《自杀》
2017 年 2 月 18 日发表《投稿》
2017 年 3 月 6 发表《鸡年不杀鸡》

《薛兆平书斋》
2017 年 1 月 2 日发表一句话小说《自杀》《闺蜜》